红楼梦

骆玉明 给孩子讲

元宵夜宴

骆玉明 ◎ 著

天地出版社 | TIANDI PRESS

序

《红楼梦》怎么读

・骆玉明

我们在这里解读《红楼梦》，这是一部伟大的小说。它不仅名列中国古典小说所谓"四大名著"之首，而且是公认的世界名著。它的外文译本已有几十种。

《红楼梦》问世到现在差不多有250年，一代又一代，无数读者被它感动，为之痴迷，而且呢，为此发生各种各样的争执。比如说一个很有名的话题，就是人们总喜欢问：《红楼梦》里你喜欢谁？或者更具体的，薛宝钗和林黛玉，你喜欢谁？为此争吵起来，打起来都是常有的事儿。

《红楼梦》说了什么呢？它的中心线索是一个爱情故事，但小说的内容要丰富得多。我们做一个最简单的概括，大概可以这样说：作者以广阔的视野，描述了他所处的时代和社会。通过贾府这一贵族世家衰败的过程，写出一群年轻人怎样和自己的命运作种种抗争，希望获得人的自由，获得人的尊严，希望争取到更美好的人生。

西方一句谚语说："有一千个读者，就会有一千个哈姆雷特。"伟大的文学作品都有一种特点，就是它的内涵非常丰富，阐释的空间非常大。对于《红楼梦》的主旨，它的人物与思想，也是有各种不同的理解，很多事情，专家、学者们争执不休，简直没有尽头。

这样就有一个问题：这样的一部书，少年人能读吗？读得明白吗？

我由此想起自己最初读《红楼梦》的经历。那是小学五年级或者六年级，读的是一种分成四册的本子，拿上手就完全放不下来，连续不停地读了三天两夜。后来和朋友们闲谈时知道，像我这个年纪就迷上《红楼梦》的，并不罕见。

那么，我们不可能完全读不懂吧？否则怎么可能如此入迷呢？

但是要说能读得有多明白，也根本不可能。说实话，《红楼梦》有些情节隐含的意味，我是最近重读时才懂的，它仍然会不断给我带来震惊。

我们这样说吧：少年人读《红楼梦》是可能的，也是有益的，这可以让他们通过这部伟大的文学经典，比较早地了解复杂的人性，思考人和世界的关系。

但是，这种阅读确实又有很大的难度。少年人，恐怕有不少面对《红楼梦》茫然无措，望洋兴叹。

我希望自己能够给大家一些帮助。希望通过我的解读，使大家感受到，读《红楼梦》，实在是一个令人感动的、兴致盎然的过程。它让你长见识，也让你开心。

我在为少年人解读《红楼梦》时，主要关注它的三个难点，尽力把这些难点说清楚。

说《红楼梦》不容易读懂，首先一个问题，是它写的人物非常复杂。你不仅很难简单地分辨哪些是正面人物，哪些是反面人物，你也很难简单地说喜欢谁或者不喜欢谁。譬如王熙凤，她心狠手辣，在《红楼梦》里害死人命最多。可是这个人物形象仍然有迷人之处，完全不喜欢王熙凤的人，我到现在一个也没遇到过。

这是因为,《红楼梦》是用一种很深刻的眼光来看待人性。作者是洞察人心的,知道人性的善,也知道人性的恶,知道人性常常是由复杂因素交织而成的状态。因此,你读《红楼梦》的人物的时候,你会对人生得到一种新的认识,你会想人究竟是怎么回事儿。

那么,需要做的事情是什么呢?我会用心解析这些人物性格的各个层面,说清楚其性格特点是怎样形成的,它和人物的生存处境、人物的命运是什么关系,以及这些不同的性格要素如何融合成一个鲜活的整体。也就是说我们需要找到深刻地理解人物的途径,精确地把握人物的方法。这就是我们这套书所要完成的第一个目标。

《红楼梦》比较难读的第二个原因,在于它的故事是一个错综复杂的网状结构,各种线索交错起伏。有时候,你在前面不经意地读到了一句话,可能根本就没在意。但是,这一句话其实包含了丰富的信息,它对整个故事的发展,是一条重要的伏线。也许,你在读到十几回以后,才发现前面的那句话原来大有深意,但是也有可能,你就一直疏忽过去了。因此,你读过《红楼梦》,但很多地方是粗糙的,模糊的。

那么,我们要做什么呢?在这本书里,我在保持原著的基本脉络、故事进程的同时,把复杂交错的线索重新加以清理,必要时适当调整叙事的次序,使得故事线索更加明朗化,使那些体现故事进程和人物性格的主脉以一种凸显的鲜明的状态呈现在读者的面前。

读《红楼梦》,第三个难点是什么呢?这部小说跟西方小说完全不一样,跟中国的其他几部名著也不一样,它在很多地方使用了诗的笔法。

我们知道诗歌重视含蓄和暗示,它是一个等待作者介入,等待作者参与的文学空间。诗歌要是把什么东西都说明白了,这诗基本上就完蛋了。《红楼梦》是小说,却有诗的特点。它在很多地方轻轻地一笔带到以后,就不再说下去,或者,它的一段故事情节,它所描写的人物活动,真正的含意并不是文字表面上的东西。这就需要读者以自己的情感和生活经验去投入这样一个文学世界，去体会人物心理，理解作者的用心。你如果疏忽过去，就不能真正体会小说的美。

那么，我们要做什么？我就试图和大家一起，仔细推究隐藏在文字背后的内容，理解那些诗意的、飞白的方式所要表达的东西。我们一起进入《红楼梦》世界的深处，在云烟飘绕之处与作者展开一番对话。

除了上述三个难点，这本书还关注一个问题：曹雪芹的《红楼梦》原稿只留下前八十回，我们现在读到的一百二十回本，后四十回是由后人续写的。那么，后四十回跟前八十回到底是一种什么关系？如果它所设计的结局不符合作者的本意，那么原著预设的人物命运、故事结局应该是什么样的？这一方面，我也会尽量寻找可靠的依据，描绘出大致的轮廓。这样，我们对曹雪芹想写的《红楼梦》，会获得比较完整的认识。

我还想说明的是：虽然，这本书为了适应少年读者的需要，文字力求晓畅易懂，但我并没有把对《红楼梦》的解读浅显化；它有足够的深度，任何一位成年读者，都能够在这里找到新鲜的和令人兴奋的东西。

好了，朋友们，我就说这些。我相信，你读了这本书，会对《红楼梦》产生很大的兴趣。一个中国人，有没有好好读过《红楼梦》，那是不一样的。

目录

83讲 妯娌俩　1

84讲　大老爷　8

85讲　丫鬟的归宿　15

86讲　破釜沉舟　22

87讲　呆霸王　29

88讲　女儿可怜　37

89讲 香菱学诗　44

90讲　石呆子　51

91讲　画中人　58

92讲　各有所重　64

93讲　贾府过年　73

94讲　鬼不成鬼　81

95讲　谁是我舅舅　88

96讲	抽身退步	95
97讲	兴利除弊	103
98讲	情深易痴	110
99讲	岫烟当衣	117
100讲	薛姨妈说亲	125
101讲	假戏真做	132

102讲	珍珠变鱼目	139
103讲	蔷薇硝之战	146
104讲	厨房之战	154
105讲	谁是窃贼	162
106讲	玫瑰露之战	169
107讲	醉卧花丛	178
108讲	耶律雄奴	185

83讲

妯娌俩

上一讲我们说接下来要好好讲一讲贾珍的太太尤氏。尤氏在《红楼梦》里很早就出场了，只是她的故事比较分散。这一讲，我们把关于尤氏的线索整理一下。我们会发现，这个尤氏其实也是一个很有味道的艺术形象。在很多地方，她跟王熙凤形成了对照。

这个尤氏和王熙凤同辈，如果不考虑娘家的背景，她们在贾府中的身份是最相近的。在贾氏宗族中，贾珍是同辈中的老大，他的太太尤氏就被称为"珍大奶奶"；贾琏是老二，他的太太王熙凤就被称为"琏二奶奶"。同时，她们分别是宁、荣两府当家管事的人，也就是所谓的"当家奶奶"。

如果仔细推究，尤氏在场面上的身份比王熙凤好像还高一些。为什么呢？因为宁国府是长房，贾珍是长房嫡孙。他的父亲贾敬不管事,贾珍就成了宁国府说一不二的老大,他还是整个贾氏宗族的族长。而从尤氏来说呢,贾敬的夫人早就去世了,宁国府的女性中她就是老大。而王熙凤这边,在她之上有邢夫人、王夫人,再上面还有个贾老太君!她得看许多人的脸色来行事。

小说中有一个细节特别能说明问题:第十六回写到贾元春被选为贵妃时,贾母要进宫谢恩,她带谁一起去呢?她带了王夫人、邢夫人和尤氏三人,王熙凤没有资格。因为尤氏代表着宁国府,而王熙凤却不能代表荣国府。

但是,如果考虑家庭背景来说,那又是另一种情形。

首先,尤氏不是贾珍的原配夫人,是继室;其次,贾蓉也不是她生的儿子,而是贾珍的前妻所生。

前面我们介绍荣国府贾赦的夫人邢氏时,曾经说过:像贾府这样的大家族,男子丧妻续弦,如果前妻留下儿子,继娶的女方家庭地位不可能与男方完全对等,尤氏的情况也是如此。在《红楼梦》的故事里,我们完全看不到尤氏和什么娘家的亲戚有来往,而她有个继母尤老娘,带着两个所谓"拖油瓶"的女儿尤二姐、尤三姐,更是要依赖贾府生活。可见,尤氏在贾府中,完全没有娘家势力做后援。这跟王熙凤在贾府的情况完全不同。在王熙凤和贾琏的关系中,王熙凤是非常强势的,而在尤氏和贾珍的关系中,尤氏没有任何能力阻止贾珍。尤其是贾珍和儿媳秦可卿的事,虽然没人敢公开说,但是暗地里,其实连仆人都知道。作为妻子，尤氏也只能装作看不见，眼不见为净吧。

尤氏和王熙凤两人关系非常密切，在这种关系中，又带着微妙的气息。

小说第七回写到尤氏专门请王熙凤到宁国府游玩。书中写："那尤氏一见了凤姐，必先笑嘲一阵"，就是嘲笑她、开玩笑。这表明什么呢？第一，她们的身份是平等的；第二，她们两个人的关系很亲密。王熙凤也习惯于和尤氏亲密地互相嘲笑，但她一定要占上风才行。小说中继续写到，王熙凤进了厅堂坐下来，对着尤氏和秦可卿婆媳俩就说："你们叫我来作什么？有什么好东西孝敬我，就快献上来，我还有事呢！"

在王熙凤的生日宴席上，又一次发生了这样的嘲戏。贾母不是让尤氏代自己好好招待王熙凤吗？尤氏就让人人斟了酒，笑着对王熙凤说道："一年到头难为你孝顺老太太、太太和我。我今儿没什么疼你的，亲自斟杯酒，乖乖儿的在我手里喝一口。"这是平辈的人冒充长辈的语气同对方说话，这是很常见的玩笑。

王熙凤怎么还击她呢？她也笑道："你要安心孝敬我，跪下我就喝。"这也是玩笑，但明显有一种居高临下的傲慢，这话中深意已是半真半假了。

尤氏并不喜欢王熙凤这种派头。在前一天，尤氏接受贾母的指命为王熙凤操办生日时，看到王熙凤得意的样子，就借着

骆玉明给孩子讲 **红楼梦**

4

玩笑警告过她:"我劝你收着些儿好。太满了就泼出来了。"这会儿面对王熙凤的倨傲,又再次警告:"说的你不知是谁!我告诉你说,好容易今儿这一遭,过了后儿(就是过了今天),知道还得像今儿这样不得了?趁着尽力灌丧两钟罢。"灌丧是喝酒的意思,但是带着一点骂人的味道。<mark>这些都是话里有话,就是劝诫王熙凤要收敛一点,谨慎一点,所谓"月满则亏",谁能保得住一辈子走好运呢。</mark>

为了给王熙凤过生日过得热闹,贾母想了一个让大家一齐来凑份子的方法。这个过程里发生的一些琐事,使王熙凤和尤氏形成了鲜明的对照。

先是各个相关的人在贾母屋里认下了银两数字,上下都全了。这时王熙凤又想起了两个人,笑道:"还有二位姨奶奶,他出不出,也问一声儿。不然,他们只当小看了他们了。"

这两位姨奶奶是什么人呢?她们是上一代男主人贾代善的妾,无儿无女,在贾府里无声无息地度余生。在《红楼梦》的故事里,从来没有人想起过她们。可是王熙凤想起来了,要让她们也参与凑份子,还把话说得那么漂亮:那是为了尊重她们!

王熙凤这也太精了,所以尤氏私下里悄悄地骂她:"这么些婆婆婶子来凑银子给你过生日,你还不足,又拉上两个苦瓠子作什么?"苦瓠子,就是味道发苦的葫芦瓜,在这里代表苦命人。

王熙凤也悄笑道："你少胡说，他们两个为什么苦呢？有了钱也是白填送别人，不如拘来咱们乐。"在王熙凤看来，那种人，有钱也是给别人花，为什么咱们不去把钱弄过来开心开心呢？你看王熙凤的道理，就是"聪明人对傻瓜的钱拥有支配权"。

还有一件事我们在前面说过，就是王熙凤答应代替大嫂子李纨出十二两银子，结果赖账了。她明白尤氏花不了那么多钱，所以她就少缴这一份，既做了好人，又不掏钱。尤氏对王熙凤玩这种花样无可奈何，但她也乘机玩了一点自己的花样。首先，她当着王熙凤的面，把平儿的份额二两银子给退还了，还大大方方地说：既然你那主子作弊，难道我就不能做个人情？这是明做给王熙凤看的，当然，王熙凤作弊在先，再说这银子也是退给平儿的，她对此也是无可奈何。

然后，尤氏就一路做人情，退掉了鸳鸯和彩云的各二两银子；最特别的是，她把贾政的两个妾——周姨娘和赵姨娘的每人二两银子也退了。因为赵姨娘是王熙凤特别痛恨的人，退还银子时，尤氏还特别注意避开了王熙凤。

在这份众人凑份子为王熙凤过生日集起来的银两中，王熙凤本人克扣了十二两，尤氏做人情克扣了十两，好像数额也差不多是吧？但其实她们是不一样的。王熙凤克扣的银子进了自己腰包，尤氏克扣的银子还给了出银子的本人。

你肯定注意到了，尤氏退还银子的对象都是丫鬟或者待遇与丫鬟相近的妾。她们在贾府地位低、钱财少。在尤氏看来，王熙凤有的是钱，让那些"苦瓠子"出钱为她过生日，是不公道的事情。这就是尤氏的德行。她可能什么也比不上王熙凤，但德行要比王熙凤强。

人们说《红楼梦》具有政治性，但如果很浅薄地去理解这一点，就没有什么意义。我们看尤氏和王熙凤两个人，表面上身份是平等的，实际上并不平等。尤氏比较同情社会地位低的人，同情"苦瓠子"，而王熙凤对此毫不敏感。这虽然有个人因素在，但和她俩原本属于不同的社会阶层，也是有很大的关系的。这就是政治渗透到家族内部的表现。

我们再回到小说中来。前面我们说到贾琏是个好色之徒，这好像是家传的——他的父亲贾赦也是个好色之徒。这位荣国府的大老爷又会闹出什么样的故事来呢？我们下一讲再说。

84讲

大老爷

上一讲我们从贾琏说到他的父亲贾赦。贾赦是贾母的长子,是荣国公爵位的继承人,说起来那是荣国府了不起的大人物。但是,《红楼梦》的故事进展到现在,我们还不太了解贾赦。这位大老爷是什么样的人呢?这一讲,我们来说说他的故事。

小说第四十六回中,有一天贾赦的太太邢夫人把王熙凤找去,悄悄地跟她说,有一件为难的事,要跟她商议。什么事呢?大老爷看上了老太太房里的鸳鸯,要娶她做小老婆,叫邢夫人去跟老太太说。邢夫人怕老太太不给,特地问王熙凤:"你可有法子?"王熙凤是贾赦夫妇的儿媳,她在老太太那里很得宠。邢夫人说是希望王熙凤给她出个主意,其实是希望王熙凤帮她到老太太那里去探个口风。这里也透露出一个信息:

邢夫人在老太太面前，不怎么受待见。

王熙凤听了，想都没想就赶紧阻止邢夫人。她的第一个理由是老太太离不开鸳鸯。她说："依我说，竟别碰这个钉子去。老太太离了鸳鸯，饭也吃不下去的，那里就舍得了？"

鸳鸯为什么这么重要呢？不是"她对老太太尽心尽力，侍候得好"这样一两句简单的话就能说明白的。老太太年岁大了，虽然性格很强，但是毕竟精力衰退了，鸳鸯能够很好地理解老太太的意思并且达成老太太的意愿，这实际上就弥补了老太太的衰老。举一个很重要的例子来说，老太太拥有一笔相当大的财富，在贾府不断衰落的情况下，这笔财富越来越引人注目，而鸳鸯就是老太太的财产管理人。

你也许想到一件事情：这么说来，贾赦要娶鸳鸯，是不是眼睛也盯着这笔财富呢？小说里虽然没有明白地说出来，但这个背景其实是存在的。后来老太太发火，也跟这个背景有关。

我们先把话说回来。王熙凤反对邢夫人的第二条理由是什么？是老太太本来就对贾赦不满，而且特别不满他"左一个小老婆右一个小老婆放在屋里"。王熙凤转述了老太太话，还说老爷"放着身子不保养，官儿也不好生作去，成日家和小老婆喝酒"。然后她就问邢夫人："太太听这话，很喜欢老爷呢？这会子回避还恐回避不及，倒拿个草棍儿戳老虎的鼻子眼儿去了！"就是说，贾赦要去娶鸳鸯做小老婆，这等于是拿草棍去捅老虎的鼻子眼儿，那不是给自己找事嘛。

王熙凤这段话里，有许多值得分析的地方。

首先是贾母和贾赦的母子关系问题。在古代社会的大家庭中，父亲去世以后，母亲应当受到敬重，这是"孝道"，没有什么疑问。但在通常情况下，这个家庭真正的家长应该是长子，而不是母亲。可是荣国府的情况明显不符合这一常规。

这是什么原因造成的呢？一方面我们可以推想，贾母在儿子面前，一向拥有很大的权威。而丈夫去世以后，儿子并没有成长为强有力的角色。老太太指斥贾赦"官儿也不好生作去"，就是说他虽然继承了先人的爵位，却不能够支撑这个家族，反而整天在房间里跟小老婆喝酒，这当然不可能获得家人的敬重。所以贾赦的权威无法和老太太相比。

另外一个值得分析的地方是，王熙凤和公婆的关系。贾赦是她的公公，贾母指斥贾赦的话非常严厉，照常理说，不应该由她来转述，但王熙凤对这个并不忌讳。不仅如此，王熙凤还直接指责她的公婆，说"老爷如今上了年纪，行事不妥，太太该劝才是"。如今老爷的兄弟、侄儿、儿子、孙子一大群，还要去跟他娘要屋里的丫鬟做小老婆，这么闹起来，怎样见人呢？这直接就是说大老爷好不要脸，太太你不应该帮着他一起做荒唐事。

我们由此可以知道，王熙凤跟公婆不亲。不只是不亲，她其实还有点看不上他们。

邢夫人的反应是什么呢？她冷笑了起来，先是说："大家

大老爷

子三房四妾的也多,偏咱们就使不得?"意思是说大老爷的行为从原则上来说很正当,符合当时的社会惯例,没有什么可以指责的。

接着她又说:"就是老太太心爱的丫头,这么胡子苍白又作了官的一个大儿子,要了作房里人,也未必好驳回的。"意思是老爷想收鸳鸯做小老婆,具体说来也没有什么不对,他年纪很大,又是朝廷官员,非常有体面的一个人,贾母怎能驳回呢?

所以,邢夫人气恼地指斥王熙凤:"我叫了你来,不过商议商议,你先派上了一篇不是。"我跟你商量个事,你先把我们两口子说得这不对那不对。

我们注意一下,王熙凤开头说的那一套,其实是她内心直接的反应,她没有来得及细想。现在看到邢夫人恼了,她头脑也清醒了,想起了这位邢夫人是什么样的角色。小说在这里,又借着王熙凤的视角,给我们描绘了邢夫人。

在王熙凤眼睛里这位大太太的特点:一是"禀性愚犟",性格愚昧而又倔强;二是"只知承顺贾赦以自保",只知道顺从贾赦,以维护自己的地位。这里我们会联想到邢夫人的娘家毫无势力,她自己又不能干,所以只得一味地讨好丈夫。丈夫想娶小老婆,她也屁颠屁颠地去张罗。

那么,除此以外她还能干什么呢?就是"婪聚财货为自得",贪婪地搜刮财富以满足自己。凡是银钱出入,一经过她手，便异常地吝啬、苛刻，还说这是因为贾赦浪费，所以她必须格外地俭省。

愚昧、倔强、吝啬、自以为是，这就是王熙凤所认识的邢夫人。王熙凤觉得这种人很难打交道，也很难跟她说清楚什么道理。

小说通过邢夫人找王熙凤商议如何满足贾赦的这个情节，对贾赦和邢夫人这一对夫妻做了简洁却又生动的描述。加上我们已经读过贾政，以及宁国府贾珍的故事，我们可以深刻地理解贾府这一贵族世家无可挽回的衰落。《红楼梦》中的大观园似乎是一个世外桃源，贾宝玉和一群女孩在那里做着人生的美梦，但这个"世外桃源"，却是寄托在一个将要倾塌的大厦之下。

再来说王熙凤。她脑子一转过来，立刻又变得精明圆滑、玲珑剔透。跟这么一个又倔又蠢的婆婆多说那么多废话干什么呢？她爱撞哪里就由她去撞吧，撞破了是她的脑袋。于是话锋一转，王熙凤立刻就改了腔调，笑着说："太太这话说的极是。我能活了多大，知道什么轻重？想来父母跟前，别说一个丫头，就是那么大的活宝贝，不给老爷给谁？"

王熙凤就这么自我检讨了一番，检讨完了呢，又给婆婆出主意，她说："依我说，老太太今儿喜欢（就是太太今天心情好），要讨今儿就讨去。我先过去哄着老太太发笑（把她情绪调整得好一点），等太太过去了，我搭讪着（找个话题）走开，

大老爷

把屋子里的人我也带开。太太好跟老太太说的。"这个计划的用意,就是创造一个好机会让邢夫人跟老太太说话,让邢夫人看到自己也尽力了。但王熙凤还有一个自己的念头,等邢夫人一说话她就走,溜光水滑,绝不掺和在这件事里面。

邢夫人见王熙凤这么说,就又喜欢起来。你说邢夫人蠢,倒也没有那么蠢,她还有个计较。怎么一个计较法呢?她很开心说给王熙凤听:先不要跟老太太说透,"老太太要说不给,这事便死了",先悄悄跟鸳鸯说,她虽然也会害臊,但必然不会反对。那时再跟老太太说,老太太就算不愿意,也搁不住人家鸳鸯愿意啊!常言道"人去不中留"啊!

听完这话,王熙凤装作很激动的样子,大大地夸奖了邢夫人:"到底是太太有智谋,这是千妥万妥的。别说是鸳鸯,凭他是谁,那一个不想巴高望上,不想出头的?这半个主子不做,倒愿意做个丫头,将来配个小子就完了。"邢夫人也笑道:"正是这个话了。"你的理解完全正确。

婆媳俩看起来是意见一致了。其实,王熙凤只是顺着邢夫人的话去说,让她高兴。不过她还是有点疑惑的:鸳鸯会不会真的愿意呢?

鸳鸯会不会真的愿意呢?这个我们下一讲再说。

85讲

丫鬟的归宿

上一讲我们说到邢夫人打算先去劝说鸳鸯本人,让她自己答应给大老爷做小老婆,然后再跟老太太说。王熙凤对这事不太有把握,她不能够断定鸳鸯到底会怎么做,邢夫人却压根没想到还会有什么问题,兴冲冲地就来到了鸳鸯的房里。

鸳鸯正坐在房里做针线活,见了邢夫人,连忙站起来。邢夫人笑着接过她手里的针线瞧了一瞧,只管赞好,然后放下了针线,又浑身打量起鸳鸯来。这个样子有点像人贩子看货的那种味道。小说也就借着这个机会给我们描写了鸳鸯的打扮和长相:"只见他穿着半新的藕合色的绫袄,青缎掐牙背心,下面水绿裙子。"服饰是清新的格调。身材和长相如何呢?"蜂腰削背",腰很细,体型苗条,然后是"鸭蛋脸面,乌油头发,高高的鼻子,两边腮上微微的几点雀斑"。整体来看是一种秀丽而灵巧的样子。脸上的几点雀斑,并没有破坏她的美,倒是增添了几分活泼俏皮。

鸳鸯被邢夫人看得不好意思起来。邢夫人却拉着她的手,开门见山笑着说:"我特来给你道喜来了。"鸳鸯猜到了她的意思,低了头不发一言,邢夫人却并不注意她的反应,只顾滔滔不绝往下说,而且越说越高兴:"你这一进去了,进门就开了脸,就封你姨娘,又体面,又尊贵。你又是个要强的人,俗语说的'金子终得金子换',谁知竟被老爷看中了你。"言下之意就是:你简直就是走大运了!说着说着,邢夫人自己也兴奋起来,觉得这么好的事情不能再等了,便拉着鸳鸯的手就走,嘴里说:"跟了我回老太太去!"

邢夫人为什么这么有把握呢?因为在她看起来,这事鸳鸯没有任何反对的理由。鸳鸯是个"家生子",就是贾府的奴仆所生的孩子——她生下来就是奴仆,她的命运完全掌握在主人的手里。而一个女仆,最好的机会就是被提升为妾,成为"半个主子"。现在大老爷看中了鸳鸯,邢夫人觉得鸳鸯本来就没有能力反抗,更何况,她一个小丫头还想要什么呢?

鸳鸯只管低了头,始终不说话。邢夫人猜不透她的意思。到了最后,邢夫人终于以为自己猜明白了,她笑着对鸳鸯说道:"想必你有老子娘,你自己不肯说话,怕臊。"好吧,这位自以为聪明的太太就拿定了主意,准备找鸳鸯的父母去商谈了。

鸳鸯为什么始终不说话呢？这里需要提到王熙凤评价鸳鸯的一句话："鸳鸯素习是个可恶的。"

这里"可恶"两个字用得很特别。你可能会说：鸳鸯和王熙凤关系不错啊，再说她的性格也挺温和的，怎么说是"可恶"的呢？你要知道，**王熙凤是一个感受能力非常强的人，她知道鸳鸯在表面的温和机灵之下，有着非常强硬的性格，一旦拿定主意之后，就怎么也不肯让步。**这就是王熙凤所说的"可恶"。

那么，这跟鸳鸯对邢夫人始终一言不发有什么关系吗？有关系的。我们能够推想，鸳鸯对邢夫人那一大套游说，内心是厌恶到极点的，她心里翻滚着许多恶毒的话，但是没法说出来，那终究是荣国府的大太太啊！她只有咬着牙，把恶气关在自己心里。

后来鸳鸯看到邢夫人出去了，她就知道一定还会有人来问她这件事，心里嫌烦，就去大观园里闲逛了，反正能躲一阵是一阵。

鸳鸯在园子里遇到了平儿。她们几个丫鬟，就是鸳鸯、平儿、袭人、彩霞，还有已经死了的金钏儿，关系一直都非常亲密，就像现在说的"闺密"一样。她们两个人坐在一块石头上，平儿就把王熙凤刚刚告诉她的那件事，就是邢夫人怎么找了王熙凤，怎么和她商量着去和老太太说，把鸳鸯许给大老爷做小老婆，这个过程都转告了鸳鸯。

鸳鸯红了脸，对平儿冷笑着说："这话我且放在你心里（就是说这话你帮我记着），且别和二奶奶说：别说大老爷要我做小老婆，就是太太这会子死了，他三媒六聘的（就是非常正式）娶我去作大老婆，我也不能去。"

这听上去很像说大话，对吧？但此时此刻，鸳鸯心里对贾赦和邢夫人这一对夫妻实在是充满了厌恶。我觉得这句话她并不是突然就想起来的，而是刚刚鸳鸯和邢夫人在一起的时候，这句话已经从她心里冒出来了，她只是不能对邢夫人明着说。现在告诉闺密，让她记住，也为自己做个见证。

正这么说着，袭人也过来了，于是三个人一起说事。平儿和袭人都觉得鸳鸯如果不愿意，总得想个办法，才能躲过去，于是就问鸳鸯有什么主意。鸳鸯说："什么主意！我只不去就完了。"她就是那么简单，那么直截了当，不去就是不去，不需要想什么办法。

其实鸳鸯也真是没有什么办法可想。平儿和袭人半真半假地提议，让老太太做主，把她配给贾琏或者配给贾宝玉，这样就断了贾赦的念头。**但这是鸳鸯不能接受的，她天然不是一个可以给人做小老婆的女人。**所以她没有主意，只有硬顶。

平儿不赞成这么硬顶。她摇头说："大老爷的性子你是知道的。虽然你是老太太房里的人，此刻不敢把你怎么样，将来难道你跟老太太一辈子不成？也要出去的。那时落了他的手，倒不好了。"平儿从实际利害考虑，她的言下之意就是：与其最终还是要低头，那还不如现在就低头。

鸳鸯冷笑了。她说她不在乎这个。"到了至急为难（就是实在没办法可想了），我剪了头发作姑子去，不然，还有一死。"以死相争，这是她最后的筹码。死都不怕，还怕什么呢？

正说着，只见鸳鸯的嫂子从远处走来。鸳鸯的父母不在京城，但哥哥和嫂子还留在京城的。袭人就说："找不着你的爹娘，一定和你嫂子说了。"鸳鸯道："这个娼妇专管是个'九国贩骆驼的'，听了这话，他有个不奉承去的！""九国贩骆驼"，这是很生动的一个俗语，指的是专爱到处花言巧语、招惹是非的人。

鸳鸯憋着一肚子的气，她出来躲一躲，她嫂子还特地找过来了。鸳鸯嫂子那样子乐颠颠的，笑得十分满足，对鸳鸯说："快来，我细细的告诉你，可是天大的喜事。"

鸳鸯咬紧牙关、憋在肚子里的愤怒与恶气，这时终于有了发泄的机会。只见她站起身来，照她嫂子脸上使劲吐了一口唾沫，开口就骂了一句粗话。说粗话并不是鸳鸯的习惯，但是在这个时候，特别能体现她的性格。

然后鸳鸯对着她嫂子就是一顿痛斥，堪称淋漓尽致。"怪道成日家羡慕人家女儿作了小老婆，一家子都仗着他横行霸道的，一家子都成了小老婆了！看的眼热了，也把我送在火坑里去。"这句话"一家子都成了小老婆了"说得实在是痛快，实

骆玉明给孩子讲 红楼梦

在是精彩！鸳鸯讽刺的是那种奴性十足的人，这种人但凡有机会能欺负人，那可比主子还要神气活现。

然后鸳鸯又说："我若得脸呢，你们在外头横行霸道，自己就封自己是舅爷了。我若不得脸败了时，你们把忘八脖子一缩，生死由我。"鸳鸯告诉他们，那些肯把自己的亲人往火坑里推的人，不过是用亲人来换取自己的好处罢了，不会真正为亲人着想。

《红楼梦》有些地方是相互呼应的，非常微妙。你还记得贾元春封了贵妃，王熙凤就戏称贾琏是"国舅爷"吗？其实贵妃也是皇帝的小老婆，只不过在封建等级制度中，贵妃处在小老婆系列的最高位置上而已。仗着所谓"皇亲国戚"的身份，觉得自己特别荣耀，到处摆威风欺负人，这种情形历来都很常见。这一类人和鸳鸯的嫂子，就是那种"九国贩骆驼"的，本质上是相似的。

鸳鸯终于出了一口恶气，借此机会明白地把自己的态度传达给了贾赦和邢夫人。我们知道大老爷贾赦是个蛮横的人，鸳鸯能够跟他硬顶下去吗？我们下一讲再说。

86讲

破釜沉舟

上一讲我们说到鸳鸯痛骂她的嫂子，也借此机会把自己的态度传达给贾赦和邢夫人。大老爷想要收自己府里面的一个丫鬟做小老婆，居然遭到断然拒绝，这让他大失脸面。他无论如何也要扳回这一局。

贾赦先是吩咐贾琏，让他把鸳鸯的父母从南京叫来。贾琏说鸳鸯的父亲病重下不了床，母亲耳朵聋了，不管用。气得贾赦痛骂了贾琏一顿："下流囚攮的，偏你这么知道，还不离了我这里！"吓得贾琏赶紧退下。

贾赦骂贾琏是毫无道理的。贾琏作为一个管事的人，对父亲说清楚鸳鸯父母不能到京城的原因，有什么过错呢？但是在贾赦那里，他不需要讲什么道理，你说的话、做的事，让他不高兴了，那就是你的错。

破釜沉舟

我们注意一下,这里作者写的是贾赦,其实也是在写鸳鸯。为什么这么说呢?**大老爷是这么一个蛮横的人,琏二爷被骂后连一句话都不敢说就退下了,可是鸳鸯却要死死顶住,这太不容易了。**

贾赦没法找来鸳鸯的父母,就派人把她的哥哥金文翔给找来了。贾赦和金文翔在书房里谈了多久?书中说是"五六顿饭的工夫",那至少是两小时了。可以想见,贾赦是仔仔细细、反反复复地劝说,采用了威逼利诱等各种手段,将能说的都说尽了,他一定要达到目的。

然后金文翔就把贾赦的话说一五一十说给鸳鸯听,那也得说挺长时间吧。鸳鸯却没有那么多话,咬定牙,就是三个字:不愿意。

这把贾赦激怒了。他让金文翔再一次传话给鸳鸯。他说鸳鸯无非是两种念头:一是嫌他老了,想配给年轻的主子,或是宝玉,或是贾琏。贾赦让金文翔告诉鸳鸯早早死了这个念头,他说:"我要他不来,此后谁还敢收?"二是鸳鸯可能想着老太太疼她,想将来自然往外聘为正头夫妻去,就是做普通的夫妻,不做小老婆。贾赦说:"叫他细想,凭他嫁到谁家去,也难出我的手心。"意思是说鸳鸯的小命,都捏在他这个大老爷的手里。不跟大老爷,"除非他死了,或是终身不嫁男人"。鸳鸯要是做不到,趁早回心转意,回心转意有多少好处等着她!

这是一个大老爷对一个小丫鬟的宣战,它以一种压迫性力

量宣告奴仆没有自由，当然也就没有尊严。

那么鸳鸯又能怎么样？她只有破釜沉舟了。

我们来说说"破釜沉舟"这个成语。秦朝末年，项羽率领五万起义军与秦王朝二十万主力军队在河北巨鹿对阵。在渡过黄河发动决战时，项羽下令准备三天的干粮，然后砸碎了做饭的锅，凿沉了渡河的船，向全军表明只能向前，绝无退路。最终项羽大获全胜。巨鹿之战也就成为中国历史上著名的战例。

当金文翔把贾赦的话一一转告鸳鸯之后，她气得说不出话来。想了一想，鸳鸯对哥嫂说道："便愿意去，也须得你们带了我回声老太太去。"就是说这事我准备跟老太太当面说一下。他哥嫂听了，只当是鸳鸯想明白了、转念了，都喜不自胜，高兴得很。她嫂子即刻带了鸳鸯去见贾母。

这时候贾母房里聚着不少人。有王夫人、薛姨妈，还有李纨、王熙凤、宝钗等，还有几个有头脸的媳妇，她们都在贾母跟前陪着说笑解闷。

小说中说鸳鸯看到这情形，就是四个字"喜之不尽"，高兴得不得了。为什么喜之不尽呢？我们等一会儿再讲。

鸳鸯拉了她嫂子，到贾母跟前跪下，一面哭，一面将邢夫人怎么来劝说、园子里她嫂子又怎么来劝说、如今她哥哥又怎么来劝说……一一地给揭露出来。

随后说到贾赦的凶狠与蛮横，鸳鸯道："因为不依，方才大老爷越性说我恋着宝玉，不然要等着往外聘，我到天上，这

破釜沉舟

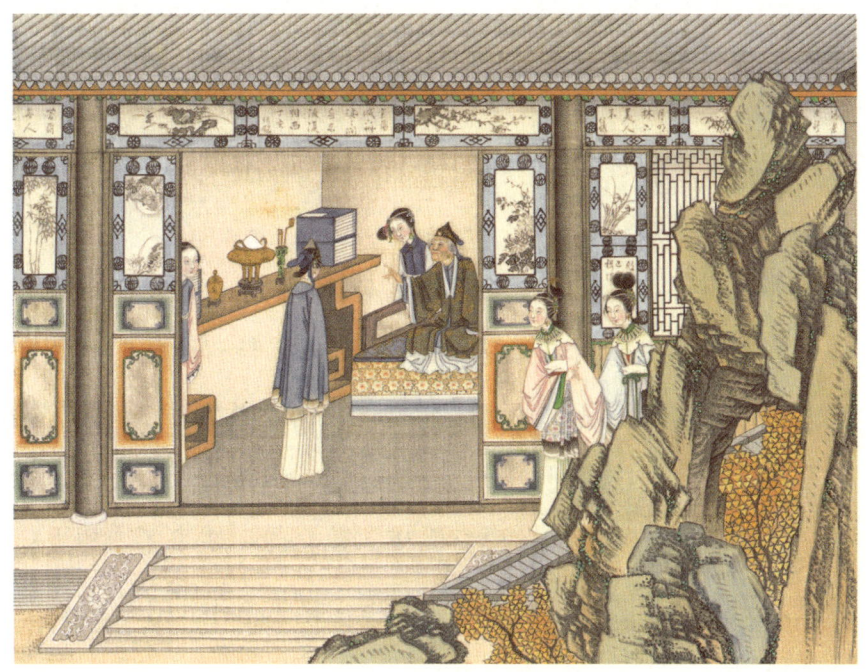

一辈子也跳不出他的手心去,终久要报仇。"

鸳鸯所说的就是荣国府大老爷的真面目。婚嫁之事,总得有个你情我愿,而贾赦仗势欺人,就显得非常霸道、非常狰狞、非常不体面。鸳鸯把这些在众人面前揭露开来,让贾赦丢尽了脸。

然后鸳鸯才说自己的意愿:"我是横了心的。当着众人在这里,这一辈子莫说是'宝玉',便是'宝金''宝银''宝天王''宝皇帝',横竖不嫁人就完了!"

这里一长串的"宝什么""宝什么",表明她决心已定,绝对不留余地,因而透出一种凌厉泼辣的气魄。

在这后面是一句惊心动魄的话:"就是老太太逼着我,我一刀抹死了，也不能从命！"我们要知道，鸳鸯能够依赖的，只有一个老太太。如果老太太依赖不着怎么办呢？那就投降吗？不不不！还有一个死呢！她要明白告诉老太太，任何退路都不存在。

那么还有一个问题：就算在老太太的庇护下过了眼前这一关，将来怎么办？鸳鸯把这个也想好了："若有造化，我死在老太太之先，若没造化，该讨吃的命，服侍老太太归了西，我也不跟着我老子娘哥哥去，我或是寻死，或是剪了头发当尼姑去！"贾赦曾经威胁她：要么你死，要么你一辈子不嫁男人！鸳鸯这么说就是回答：可以的，只要不做大老爷的小老婆，这些都可以。

说到了这儿，鸳鸯已经把一切都说明白了，但是谁也没想到，她还有一个决绝的表达方法：她居然在袖子里藏了一把剪刀过来！说到最后，她就拿出剪刀来，左手解开头发，右手便开始剪。众婆子丫鬟连忙来拉住，可鸳鸯的头发已经剪下半绺来了。

鸳鸯这是在表明：如果老太太不为她做主，她现在就可以死，现在就可以当尼姑。

现在你明白了，为什么鸳鸯刚进贾母房间时，看到有众多人在场，她会"喜之不尽"？因为她就是要把事情闹开来，使它公开化，尽可能把事情闹大。闹大了，就没有回头路。

你会不会要问：既然鸳鸯最终要依赖贾母才能逃过这一

破釜沉舟

劫,而贾母又那么喜欢鸳鸯、离不开她,为什么她不能暗地里向贾母求救,让贾母为自己作主呢?

事实上鸳鸯对这件事并没有把握。老太太确实不喜欢贾赦,但他毕竟是长子,是身份高贵的爵爷。如果贾赦非要得到鸳鸯,那老太太会不会犹豫呢?

而鸳鸯这么公开一闹,她既在求贾母,也让贾母没有别的选择。既然老太太是一个明白事理的人,现在她只能和鸳鸯站在一起。

事情闹到这个地步,贾母也确实被激怒了。身边没有人可骂,她就骂王夫人:"你们原来都是哄我的!外头孝敬,暗地里盘算我!"这表明她明白贾赦要娶鸳鸯,除了好色,也是在动她的脑筋——想要那一大笔鸳鸯代管的财富,贾赦是想一举两得。

可是,这明明是贾赦和邢夫人的事情,为什么要骂王夫人呢?贾母其实是借这个机会,把一向对王夫人的不满也一起说出来。然后又说自己气糊涂了,再把事情糊弄过去。老太太玩点花样,不动声色。

一会儿邢夫人过来探听消息,老太太自然是冷嘲热讽,教训她一顿,让她转告贾赦,别打鸳鸯的主意。一场风波,总算暂时结束。

说到这会儿,你有没有想起前文中王熙凤说鸳鸯"素习可恶"?这"可恶"主要就是指鸳鸯的性格十分倔强,这在主子眼里,难免要感到不舒服。但是"可恶"两字用在这里,却又是一种赞美。曹雪芹写鸳鸯的故事,简直就是一首伟大的赞美诗,它热烈地赞美了一个婢女的高贵,也由此歌颂了人的自由与尊严。

说完了鸳鸯,我们换一个话题。宝钗有个哥哥,就是人称呆霸王的薛蟠,你还记得吧?我们下一讲来说说他。

第87讲

呆霸王

上一讲我们说完鸳鸯的故事,这一讲我们来说说呆霸王薛蟠。薛蟠薛大爷可是《红楼梦》里一个性格特别鲜明的角色,少了他,《红楼梦》的故事就少了许多热闹。

薛蟠是薛宝钗的哥哥。他在《红楼梦》里出场很早,第四回就对他有专门的介绍,说他们薛家是皇商,薛蟠是独子,幼年父亲就去世了,寡母对他溺爱纵容。然后说他五岁左右就"性情奢侈,言语傲慢",这可能创下了学坏的最小年龄的纪录。他虽也上过学,不过只是略识几个字,距离文盲不是很远。薛蟠就这么不学无术地长大了。好在他家中有钱,"百万之富",至于那些行商的事务,有家里的老伙计帮着办,他也没什么事要做,平日里就吃喝玩乐,游山玩水。在世家大族堕落败坏的过程里,子弟的表现也是形形色色,薛蟠属于比较典型的纨绔子弟。

小说在第四回里提到的关于薛蟠的故事，我们在前面已经讲过——他跟冯渊争买一个丫头，结果他一不开心，就喝着手下人把冯公子给打死了。

我们常说"人命关天"，但薛公子他不是这么理解的。夺了丫头，他就像没事人一般，带上家眷只管走自己的路。人命官司这么个事，在他看来竟然就像一场儿戏，自以为花上几个臭钱就能摆平，没有钱解决不了的事。

你要是认为，豪门贵族总是把人命案视为儿戏，那就是看得浅了。事实并非如此。小说第三回写林黛玉刚刚进了贾府，有一天她到王夫人那里去，就看到王夫人和王熙凤在一起拆一封从金陵寄来的书信。过了一会儿，又有王夫人的哥哥、嫂子（就是王子腾夫妇）派了两个管事的女人来传话，她们谈论的是什么事呢？谈论的就是薛蟠在金陵犯下的人命案应当如何处置。有一件事情其实很蹊跷：贾雨村借王子腾的势力恢复了官职，他被委派到哪里去当官呢？他去了应天府，在应天府当了知府，而王子腾的外甥薛蟠犯下的人命案，就正好落在贾雨村的手里。你难道觉得这纯属偶然吗？

有些读者也许会说：可是贾雨村来到应天府的时候，根本不知道会有薛蟠的案子啊！这个其实不用多说，在古代官场上混得老练的人，彼此之间"心有灵犀"，很多事情根本不需要多说一句话，说多了就不是聪明人。

呆霸王

总而言之，直到贾雨村徇情枉法了结了案子，贾府和王府才算放下心来。

为什么连权势熏天的王子腾对这桩人命案也不敢掉以轻心呢？因为人命终究不是闹着玩的。官场上哪怕你的势力再大，也总有对立的一帮人，这种把柄如果落在对方手里，就有可能生出事端来。

那么，为什么薛蟠就不当一回事呢？因为他是"呆霸王"。不仅霸道、胡作非为，还很呆，脑子不够用。他闯了祸其实是有后果的，只不过总有人替他擦屁股罢了。

要说薛蟠为人的性情，就集中在"呆"和"霸"这两个字上。霸，很简单，他们家财大气粗，他从小被母亲纵容，习惯于胡作非为。至于"呆"呢，那就有点讲究了，他的呆并不是由于智商低下造成的，而是因为胡作非为久了，什么事都不从脑子里过，心机就少，说话直来直去的，越发显得呆气十足。这么来看的话，"呆"和"霸"其实是相伴而生，他的"呆"是因为"霸"而来，也就是"因霸而呆"。

难道这个薛大爷能够就这么又霸又呆、傻傻愣愣、快快活活地过一辈子吗？倒也没有那么好的运气。到了小说第四十七回，终于轮到他倒霉了。

那一天是荣国府总管赖大在自己家里请客，贾府的贾珍等人都去了。薛蟠也去了，席上还有一个人叫柳湘莲。那柳湘莲是世家子弟，父母很早就去世了，也没怎么好好读书。这人性

骆玉明给孩子讲 **红楼梦**

呆霸王

格豪爽，不拘细节，喜欢耍枪弄剑，还喜欢玩各种乐器，吹笛弹筝，无所不能。概括起来说，就是一个很有江湖气的人，有点侠客的味道。但因为他年纪很轻，又长得帅气，不知道他身份的人，很容易把他误认为是优伶——就是唱戏的戏子。

《红楼梦》中所描写的社会习俗，和作者生活的清朝乾隆时代有很多相似的地方。乾隆时代，富贵人家的老爷、公子们，常常把社会地位低的年轻男子当成玩弄的对象。

薛蟠也有这种毛病。他不知道柳湘莲是什么样的人，看到柳湘莲又年轻又俊美，又喜欢串戏（就是在戏班子里客串演出），薛蟠就动上了坏脑筋，这把柳湘莲给气坏了。柳湘莲假装要跟薛蟠交朋友，把他骗到了郊外的一个四周长着芦苇的水塘边，这是个外人瞧不见的地方，在那儿干什么呢？柳湘莲把薛蟠给暴揍了一顿。

薛蟠挨揍的过程写得很有趣。

柳湘莲先是在他脸上甩了几巴掌。一上手就知道薛蟠不经打，柳湘莲只用了三分力气，就已经把他打得鼻青眼肿、五颜六色了。这时薛蟠的第一个反应是什么呢？开口乱骂。他一个大少爷，一个呆霸王，骄横惯了，对挨打这件事反应不过来。

柳湘莲便把马鞭拿了过来，对着薛蟠从后背到小腿，连抽了三四十下。这时薛蟠的酒已醒了一大半，觉得疼得受不了，不禁"嗳哟""嗳哟"地哼叫起来，骂是不敢再骂了。

接着，柳湘莲又用拳头朝他身上擂了几下。柳湘莲是练过武的，薛蟠哪里经得起，于是乱滚乱叫，开始认错了。

柳湘莲就戏弄他："还要说软些才饶你。"意思就是让薛蟠说软话。薛蟠哼哼着说："好兄弟。"没想到这"好兄弟"刚说出口，柳湘莲又是一拳。薛蟠"嗳哟"叫了一声说："好哥哥。"这"好哥哥"刚出口，柳湘莲又是两拳。薛蟠忙"嗳哟""嗳哟"地叫道："好老爷，饶了我这没眼睛的瞎子罢！从今以后我敬你怕你了。"

这下柳湘莲总算有点满意了，跟薛蟠说："你把那水喝两口！"那个苇塘的水很脏，薛蟠一面听了，一面皱眉道："那水脏得很，怎么喝得下去！"于是柳湘莲举起拳头又要打。薛蟠连忙说："我喝，喝。"于是薛蟠就俯下身子，朝着芦苇根下喝了一口，还没咽下去，只听"哇"的一声，把刚才吃的东西都吐了出来。

这回柳湘莲出了气，丢下薛蟠，自己骑着马走了。薛蟠终于放下心来，不会再挨打了，可无可奈何的是浑身疼痛，也走不了路。幸亏贾珍派人找到了他。找到薛蟠的时候，他是个什么样子呢？衣衫凌乱破碎，面目又肿又破，浑身都是泥，他之前不是被打得在苇塘里打滚吗，已经滚得像个泥猪一样了。

我们在《红楼梦》里看到了两个场面：一个场面是薛蟠盛气凌人、无缘无故打死了冯渊；另一个场面就是他被柳湘莲暴揍，打得像头泥猪。这两个场面是很好的对照。薛蟠号称是"霸王"，其实既没本事也没骨气，还不耐打。他必须仗着家族

呆霸王

的势力才能在世上横行霸道,一旦依靠不上的时候,他就什么也不是。

不过,《红楼梦》写薛蟠,也不像那些一般的通俗小说,很简单地把他写成一个无恶不作的恶魔。相反,他也有另外一面。因为薛蟠什么事都不从脑子里过,直来直去,倒也是为人爽直、性情坦露,所以从《红楼梦》问世以来,一直有人为薛蟠说好话,认为他有"真性情",只不过从小被骄纵坏了。我们也不必为了薛蟠跟别人争执,简单一句话,他就是一个有真性情的混蛋。

贾宝玉和薛蟠也相处得不错。贾宝玉听说要见贾雨村就心里就发慌,可是他跟薛蟠在一起喝酒,就能喝得很快乐,喝得流连忘返。这是为什么呢?就是因为薛蟠没有心机,粗豪爽直,让人跟他在一起不觉得累。

古人喝酒的时候要行酒令,要作诗,这是风雅之事。薛蟠几乎不识字,但是他也能写诗(当然这是很特别的诗了)。《红楼梦》里面保存薛蟠的"诗"有两首,都是在第二十八回他跟贾宝玉,还有一位叫冯紫英的公子一起喝酒的酒宴上,为了行酒令而作的。

第一首诗有四句。我们先来读前两句:"女儿悲,嫁了个男人是乌龟。女儿愁,绣房蹿出个大马猴。"这就是胡诌乱凑了,但居然还能押韵,真是难为他了。第三句忽然变得非常文雅,"女儿喜,洞房花烛朝慵起"。这大概是薛大爷听戏听到的唱词，他竟能记得，也算是不容易。第四句纯粹是个下流话，我们就不讲也罢。

还有一首是个曲子："一个蚊子哼哼哼，两个苍蝇嗡嗡嗡。"根据薛蟠介绍，这乃是"哼哼韵"。只有一个调子，所以叫"哼哼韵"。

薛蟠写的这种浅陋粗俗的所谓"诗"，后来专门有个名称，叫"薛蟠体"。《红楼梦》里写诗的人很多，只有薛蟠一个人留下了用他的名字命名的"诗体"，不过这种名字是专门用来讽刺的。

讲到这里，我们既然说了薛蟠，就该好好说一说香菱了。香菱是谁呢？就是薛蟠当初打死冯渊抢回来的小丫头。我们下一讲再细说。

女儿可怜

上一讲我们说到了呆霸王薛蟠挨了柳湘莲一顿暴揍,这让他感到脸面无光,不好见人。正好薛家当铺里一个总管要回家乡,顺带办点货,薛蟠就说他要跟总管一起出门做买卖,打算躲上个一年半载。

薛蟠还没有娶妻,但是已经先纳了一个妾在屋里,那女子就是香菱。薛蟠要出远门,宝钗就跟她妈说,要把香菱带到大观园里去住,给自己做个伴。香菱以前跟着薛姨妈、薛宝钗去过大观园好几次,对这个地方很喜欢,如今听说可以进园子住上一年,这下可满足了心愿,十分开心。

这个香菱,就是甄士隐的女儿甄英莲。

甄士隐是《红楼梦》里最早出场的人物。他是个读书人、退休的官员,在地方上有名望有地位。夫妻俩到了中年,才生了这么一个女儿，那真是掌上明珠。

可是英莲来到世上，好像就是为了以自己的不幸来控诉世道的不平。

英莲五岁那年的元宵节，家里的仆人霍启抱了她去看花灯。霍启因为要去小便，就把英莲放在一户人家的门槛上坐着。待他小便完了再来抱英莲时，哪里还有英莲的影子呢？到处找也找不着，他也不敢回去再见主人，就逃到他乡去了。那甄士隐夫妇派了几拨人到处去找，回来都说一点消息也没有。夫妻俩昼夜啼哭，连死的念头都有。最后甄士隐也离家出走了。

英莲被人贩子拐走了。人贩子把她养到十二岁，又带出来卖给人做丫鬟。

这时英莲的命运好像出现了一个转机。什么转机呢？金陵一个小乡绅的儿子，名叫冯渊，一眼就看上了英莲，郑重其事地要选个好日子把她娶回去。虽然买来的丫鬟名分上只能是妾，但冯渊发誓说他再也不娶第二个，那也算是非常珍惜这个女孩了。所以英莲自己叹息说："我今日罪孽可满了！"意思是我遭的罪总算到了尽头了！

然而命运不在她自己的手里。

那个人贩子非常坏，同时把她卖给了两家人，另一家就是薛蟠。冯家、薛家两方争执起来，结果薛蟠打死了冯渊，把英莲抢走了。就在英莲似乎看见了光明的关口上，呆霸王一棒又把她打下了深渊。

女儿可怜

接着好像又一次出现了转机。什么转机呢？冯渊的这桩人命案落在了贾雨村手里。我们知道，贾雨村和英莲的父亲甄士隐曾经有过一段交往。在贾雨村落魄的时候，甄士隐给了他关键的帮助，可以说是他的恩人。况且，贾雨村已从一个衙役的口中，知道了这个被抢的丫鬟就是恩人失散的女儿。于公于私，他都有责任把英莲救出来。

然而并没有。贾雨村为了进一步攀附贾府和王府，他徇私枉法，对薛蟠没有做任何追究，平平静静地看着英莲一步步走向苦难。当然，贾雨村也有自己的解释，他说，**这是英莲的命数**。既然是命数，就没有他的责任。于是，贾雨村就这样遮掩了自己的无耻。

英莲被卖的时候，人贩子给她起了什么名字，小说里没有交代。只说她到京城以后，宝钗给她改了名字，叫作香菱。

香菱的苦难还远远没有到尽头，那是后来的故事，我们以后再说。

我们读到香菱的故事，会觉得非常惋惜。有人也许会觉得，她的不幸缘于偶然。要是仆人霍启不丢下她去小便，她应该还在父母的身边，享受着天伦之乐。

但你仔细看小说，就会知道，作者不是这样认为的。**在这部伟大的文学作品中，纯粹由偶然造成的不幸是没有意义的。作者需要在表面的偶然现象之下，揭示社会如何将重重的罪恶**

叠加在一起，压迫这个无辜的女孩。

香菱到了京城，薛蟠硬把她要去做了自己的妾。他们俩也许是世界上最不般配的一对。

香菱是个什么样子的女孩呢？小说里借着几个不同人物的眼光做了描述。

先是薛姨妈带着宝钗还住在荣国府梨香院的时候，周瑞家的第一次遇见了香菱。她拉着香菱的手，细细地看了一会儿，然后向金钏儿说："倒好个模样儿，竟有些像咱们东府里蓉大奶奶的品格儿。"蓉大奶奶是说秦可卿，她可以算是贾府里第一号美人。说香菱有秦可卿的"品格"，就是说她相貌、仪态非常美。

而薛姨妈则是说，美丽对香菱来说并不是最重要的，更重要的是什么呢？是她"为人行事，却又比别的女孩子不同，温柔安静，差不多的主子姑娘（一般的、不那么出色的小姐）也跟他不上呢"。香菱虽说是买来的丫鬟，但她的气度却一点也不比贵族小姐差。

至于那个薛蟠，我们前面刚刚说过他是个什么样的人。所以谁都认为这个粗野、鲁莽而又傻不拉叽的薛蟠是配不上香菱的。贾琏称赞香菱"生的好齐整模样"，感叹地说："竟与薛大

女儿可怜

傻子作了房里人，开了脸（做了薛蟠的妾），越发出挑的标致了。那薛大傻子真玷辱了他。"连贾琏都认为，薛蟠娶了香菱，对香菱是个侮辱。

可是薛蟠他自己怎么对待香菱的呢？书中说起初他不能把香菱要到手时，跟他妈"打了多少饥荒"，就是吵闹个不停。等要到手了又怎么样呢？"过了没半月，也看的马棚风一般了"，就是不当一回事了。

薛蟠是个粗野的人，整天像个没头苍蝇似的到处扑腾，他没有能力欣赏，也不懂得珍惜香菱这样美好的女孩。

可是当薛蟠被柳湘莲揍得鼻青眼肿，像一头死猪抬回家的时候，香菱哭得眼睛都肿了。那不仅是因为薛蟠是她的男人，是她的依靠，更因为香菱她是个善良的人。薛蟠说起来也没有伤筋动骨，但那样子特别惨，香菱看着不忍心。

小说里描写香菱，日常的时候总是"笑嘻嘻的"，性格很安静，好像这个人没什么心事。但有两处地方，写到香菱对同一个问题的反应，很值得去仔细地体会。

一处是在小说第四回，那时香菱还在人贩子的手里。人贩子租了一个房子，这房子的主人是谁呢？是应天府的一个衙役，而这个衙役就是甄士隐家旁边那个葫芦庙里的小沙弥，他本来就认识英莲。于是他就趁着人贩子不在家的时候，去盘问英莲，想掌握一些情况。但是英莲被打怕了，咬定牙说那人贩子就是她爹。再要问下去，她就哭起来，只是说"我不记得小时之事"，这是一处。

另一处是在小说第七回，周瑞家的问香菱："你父母今在何处？今年十几岁了？本处是那里人（你家乡在哪里）？"香菱听到问这些，都摇头说："不记得了。"

这两处地方问的是类似的问题，回答是同样的话。真的是小时的事完全不记得了吗？并非如此。那时候，她是父母心爱的孩子，生活充满了温馨。就是在那个灯火灿烂、快乐的夜晚，从黑暗中伸出一双罪恶的手，把她拉进了无边的苦海。曾经有过的那个美好的世界，如今是一片朦胧的影子，珍藏在她内心深处。她不愿触碰，更不愿对人说。

香菱总是笑嘻嘻的，她总是想把事情做得好一些，她希望不要犯错。可是她并不相信人。

孤独之中，她的心需要一个安顿。什么地方可以安顿呢？她就要去大观园了。香菱笑着对宝钗说："好姑娘，你趁着这个工夫，教给我作诗罢。"

等进了大观园，见了黛玉，香菱又笑着对黛玉说："我这一进来了，也得了空儿，好歹教给我作诗，就是我的造化了！"

《红楼梦》里有许多人在写诗，但没有人像香菱一样，把诗看得这么重要。你能理解她吗？诗就是香菱在孤独之中，内心所需要的那个安顿。

下一讲，我们就讲一讲香菱学诗。

~香菱作诗~

博得嫦娥应借问
缘何不使永团圆

第89讲

香菱学诗

上一讲我们说到宝钗把香菱带到大观园去住。香菱的心愿，就是想要趁此机会，学习写诗。她先是求宝钗教她，然后又求黛玉教她。

这两位都是写诗的高手，但宝钗对女孩学写诗这种事情不是看得很重，她也不鼓励香菱。黛玉就不同了，她把诗看得重一些，每当烦闷痛苦的时候，她都会通过写诗吟诗来排遣。所以一听说香菱要学诗，黛玉的兴致就来了，笑着说："既要作诗，你就拜我作师。"两人一拍即合。

黛玉马上就进入老师的角色，开始给香菱上课了。她先是讲律诗，讲了几条基本的规则，比如"起承转合"的变化，中间两联的对仗，平仄声调的调和，等等。然后又总结说，这些形式上的规定也不能看得太死板，"若是果有了奇句"，就

是如果果然有了奇妙的句子,平仄也好,对仗也好,破格也没关系。

香菱有点明白了,她笑着说:"怪不得我常弄着一本旧诗偷空儿看了一两首,又有对得极工的,又有不对的。"香菱还说,那些旧诗在平仄关系上,也有顺的,也有错了的,所以她天天疑惑。如今听黛玉这么一说,香菱才明白"原来这些格调规矩竟是末事(就是不重要的东西),只要词句新奇为上"。

黛玉说:"正是这个道理。"但词句还不是根本的,第一重要的是立意,"若意趣真了(就是诗歌里面的意蕴趣味能够打动人),连词句不用修饰,自是好的,这叫做'不以词害意'"。不以文字的追求来破坏诗歌中的趣味。

谈了一会儿,黛玉老师又教给香菱学诗的门径。怎么学呢?先把王维的五言律诗读一百首,细心地揣摩透熟了,然后再读一二百首老杜(杜甫)的七言律诗,再把李白的七言绝句读那么一二百首。在黛玉看来,这三位唐代大诗人,分别代表了三种诗体的最高成就:王维是五言律诗、杜甫是七言律诗、李白是七言绝句。"肚子里先有了这三个人作了底子",然后再把陶渊明等其他名诗人的作品看一看。黛玉说:"你又是一个极聪敏伶俐的人,不用一年的工夫,不愁不是诗翁了!"

香菱听了,等不及,赶紧就跟黛玉借书:"好姑娘,你就把这书给我拿出来,我带回去,夜里念几首也是好的。"黛玉就叫紫鹃去拿了王维的诗集来,教香菱把书中有红圈的都读一下。黛玉自己在读王维诗集的时候，有的诗是画了红圈的。香菱拿了诗，回到蘅芜苑（宝钗住的院子）中，什么事也不管，只管在灯下一首一首地读起来。宝钗连催她好几次让她准备睡觉了，她也不睡。宝钗见香菱这般苦心，只好随她去了。

一天早晨，黛玉起来梳洗完了，只见香菱笑吟吟地送了书来，说是林姑娘选的诗都读完了，那就换书了，换杜甫的律诗。黛玉就问她："可领略了些滋味没有？"诗歌里的那些滋味，你领会了没有？香菱笑着说："领略了些滋味。"然后把她读王维的诗的体会说给黛玉听，大概的意思是说：诗的妙处，有时能感受到，却不一定说得清楚；有时看上去似乎是无理的，再想想却是有理有情的。

香菱谈的是诗歌的一种感性特征。简单地说，诗表达了诗人当下的情感，它不受逻辑规则的制约。读诗的人，用不着用道理去分析它，而需要用自己的情感去走近它。

黛玉老师表示肯定："这话有了些意思，但不知你从何处见得？"从什么地方体会到的？香菱就举了王维的一首诗，叫《使至塞上》，拿里面很著名的一联做例子："大漠孤烟直，长河落日圆。"她说：想起来这个烟如何是直的？太阳自然是圆的，这个"直"说得好像没有道理，"圆"呢又好像太俗了。可是合上书这么一想，倒像是看了这景象似的。如果要找两个字换这两个，就再找不出别的两个字来，也就是说没字可以换。

我们再来帮香菱做一些引申的讨论：王维这两句诗为什

么特别能够打动人呢?因为他写的是沙漠中的景象。沙漠一片荒凉,无边无际,缺乏色彩和线条的变化。这时候,落日的"圆"和孤烟的"直"就显得特别醒目,它显示大自然仍然是壮阔的、富于活力的,人类仍然是充满生机的。这个"圆"和"直"不仅仅是景物的特征,更是诗人提笔作诗时的强烈感受。这样分析一下,我们更能明白香菱对诗的理解是正确的。

而后香菱又举了王维的另外两句诗做例子,就是:"渡头余落日,墟里上孤烟。"王维的诗描写黄昏时刻,河边的渡口还残留着淡淡的阳光,阳光快要退下去了。村庄里已经升起了当地人家做晚饭的炊烟。这是一种安静的、平和的意境。香菱评论说:"这'余'字和'上'字,难为他怎么想来!我们那年上京来(就是到京城来),那日下晚便湾住船(把船停泊下来),岸上又没有人,只有几棵树,远远的几家人家作晚饭,那个烟竟是碧青,连云直上。谁知我昨日晚上读了这两句,倒像我又到了那个地方去了。"

香菱是怎么"上京"的呢?她是被薛蟠强买了以后,带到京城去的。这实在是个苦难的行程。但香菱是个富于灵性的女孩,在苦难中,仍然关注生活中的美。她记得这个场景,所以在读王维的诗时,能够拿它和诗歌互相印证。

正这么说着,宝玉和探春也来了,也都坐下来听香菱讲诗。宝玉夸她:"听你说了这两句,可知三昧你已得了。"就是诗歌中的玄妙,你已经得到了。探春笑着说:"明儿我补一个束来，请你入社。"

香菱临走前，又逼着黛玉换出杜甫的律诗来，又央求黛玉和探春两个人："出个题目，让我诌去，诌了来，替我改正。"黛玉就说昨晚上的月亮最好，让香菱写一首月亮的诗来。

香菱听了，欢欢喜喜地把那本诗集拿回去，"又苦思一回作两句诗，又舍不得杜诗，又读两首"。一会儿想自己要写的诗，一会儿又去读杜甫的诗集，就这么茶饭无心，坐卧不定。宝钗笑她："何苦自寻烦恼。都是颦儿引的你，我和他算账去。你本来呆头呆脑的，再添上这个，越发弄成个呆子了。"

这首命题作诗，香菱写了三遍。第一首马上被宝钗和黛玉否定了。第二首，黛玉说这也不容易了，只不过还不够

好，还得重来。

这香菱为诗着了魔，满心里都是在想诗。到了晚上她对着灯出了一会儿神，到了三更以后才上床躺下，两眼直瞪瞪的，一直到五更才朦朦胧胧睡去，五更就是天快亮的时候。一会儿天亮了，宝钗醒了，心里想："他翻腾了一夜，不知可作成了？这会子乏了，且别叫他。"正这么想着，只听香菱从梦里笑出声来："可是有了，难道这一首还不好？"原来她白天作不出，忽然在梦中得到了八句诗。起床梳洗了，连忙把梦里的八句诗抄出来，又拿去找黛玉看。

刚来到沁芳亭这个地方，只见黛玉和众姐妹刚刚从王夫人那里回来，宝钗正告诉她们香菱梦里作诗、说梦话的事。香菱见众人正在说笑，就迎上去笑着说："你们看这一首。若使得（觉得还行），我便还学，若还不好，我就死了这作诗的心了。"你明白她说这话的时候是什么心情吗？她对什么是好诗，是有自信的。她觉得这一首诗，总归是好的诗。

就这么说着，香菱把诗递给黛玉和众人看，众人看了笑道："这首不但好，而且新巧有意趣。可知俗语说'天下无难事，只怕有心人'，社里一定请你了。"香菱是唯一以丫鬟身份进入大观园诗社的女孩，她终于学成了。

香菱学诗是一个美丽而令人伤感的故事。我们都记得她原本出身于书香门第，她的生命里有诗的种子。但这个诗的种子却是在苦难中萌发和生长起来的。这样一个美丽而充满灵性的女孩，落在庸俗粗野的呆霸王手里，命运一直以不可想象的罪恶来摧残她。诗成为她对失去的生活的想象，诗也是她在苦难中的自我拯救。在大观园诗社里，香菱热爱诗歌爱得最深，因为她不被人爱，唯有借着诗歌来爱自己。

前面我说过，《红楼梦》的故事，常常在不动声色中隐藏着惊心动魄的力量，这需要我们去体会。你现在想一想：香菱学诗的老师是黛玉，那么你还记得黛玉的启蒙老师是谁吗？是贾雨村。这个贾雨村，又是香菱命运中的罪恶的黑手。而如今，他仍然是贾府的座上客。《红楼梦》这么写，想为我们启示什么呢？是人性的复杂，还是命运的荒诞？这需要我们自己去体会。

而小说的作者，好像怕我们忘记了这种复杂交集的人物关系，正说着香菱的故事，他又说起了贾雨村。贾雨村又干了什么呢？我们下一讲再说吧。

90讲

石呆子

上一讲我们说到香菱进入大观园之后就开始专心学诗。我们再讲一下香菱刚到那天发生的事，这件事就牵扯到了贾雨村。

香菱刚到大观园的那天，平儿来到蘅芜苑，跟宝钗说了几句话，又笑着对香菱说："你既来了，也不拜一拜街坊邻舍去？"这个"街坊邻舍"，说的是贾府里的太太、小姐们。香菱是外来人住进大观园，各处去拜会一下，这也是礼貌。但平儿真正的意思，是让香菱离开一阵，因为她有话单独跟宝钗说。

宝钗也笑着说："我正叫他去呢。"平儿听宝钗这么一说，赶紧又叮嘱香菱道："你且不必往我们家去，二爷病了在家里呢。"

为什么平儿不让香菱到他们屋子里去呢？她说是因为贾琏病了。其实呢，是贾琏不好见人。为什么不好见人呢？贾琏被他老子贾赦打了。书中是这样写的：平儿等香菱走了，对宝钗笑着说："老爷把二爷打了个动不得，难道姑娘就没听见？"

这话里有点矛盾：平儿是笑着说的，这表明贾琏的伤没那么严重，要是丈夫被打成重伤了，她还能说说笑笑吗？可是她明明又说了"打了个动不得"，这难道不是很严重吗？

这得前后仔细看才能明白。原来，平儿说的"动不得"不是伤重动不得。你听平儿怎么说的："也没拉倒用板子棍子，就站着，不知拿什么混打一顿，脸上打破了两处。"一个挺风流、挺潇洒的琏二爷，脸给打破了，不好出门，只能在家里躲一躲了。这也叫"动不得"。

你立刻就要问：贾琏被打了，平儿特地跑来跟宝钗说什么？因为薛家是皇商，好东西多，平儿是来求药的。她说："我们听见姨太太这里有一种丸药，上棒疮（棍棒打出的伤）的，姑娘快寻一丸子给我。"宝钗听了，忙命莺儿去要了一丸来给了平儿。

贾赦为什么要打儿子？宝钗当时就问了这个问题。平儿咬牙骂道："都是那贾雨村什么风村，半路途中那里来的饿不死的野杂种！认了不到十年，生了多少事出来！"原来，祸根在贾雨村身上。贾琏挨打，平儿心里愤恨，所以骂得很凶。说贾雨村本该饿死却没饿死，那是指他本来很穷。说他是"野杂

石呆子

种",那是指他本来跟国公府的贾氏宗族根本就没有血缘关系,自己硬是攀附上来,认了同宗,如今也算是贾家的人了。

我们上次说起贾雨村,那时候他是应天府的知府,审理了薛蟠打死人的案子。后来他就在京城做官了,到现在,也就是进展到小说第四十八回时,他已经做了好几年。平儿的话还告诉我们,贾雨村和贾府有很多来往,而且还惹出不少事情。

贾雨村到底做了什么,会导致贾琏挨打呢?这里有点曲折,我们还是听听平儿是怎么说给宝钗听的。

原来,大老爷贾赦除了陪小老婆喝酒,还有一种风雅的爱好,就是收藏扇子。有一次,他不知在哪个地方看见了几把旧扇子,也就是古董一类的东西,回到家再看看家里所收藏的那些好扇子,觉得都不中用了,就立刻叫人各处去搜求。

就这么寻访出一个人来,他有个外号,世人叫他石呆子。这个外号听上去,就是一个性子梗、不晓得转弯的人。这人有点奇怪,穷得连饭也吃不上,却偏偏收藏着二十把旧扇子,死也不肯拿到门外去给人看。

老子的事情,理应儿子去办,这是孝道。贾琏就想尽办法去和石呆子打交道,但是人要是梗起来、呆起来,就不大遵守常规。琏二爷好容易托了好多人情,才见到了石呆子,又说了很多好话,石呆子才把贾琏请到他家里,拿出扇子让贾琏"略瞧了一瞧"。怎么叫"略瞧了一瞧"呢?就是大概地看一眼,石呆子的扇子宝贝着呢,那是不可能给琏二爷拿在手里细细把玩的。

但就这么"略瞧了一瞧",就让贾琏大吃一惊,用他的话说,"原是不能再有的",就是世上独一份了。那扇骨固然是好的,更难得的是扇上的画都是古人真迹。

石呆子的扇子,很有可能是祖传之物。你也许要问,穷到这个地步,为什么不把扇子卖了,养家糊口呢?但是有的人就是有一种特殊的癖好,在这种癖好里,深藏着一个人不甘于沉沦、不甘于失败的意志。拿癖好作为苦苦挣扎的姿态,具有悲壮的意味。

贾赦知道了,就让贾琏去买,宣称"要多少银子给他多少"。这就是大老爷的派头,在他看来,只要亮灿灿的银子大把大把砸过去,穷人立刻就会跪倒。可是对方是石呆子,呆子有呆气,他的回应是:"我饿死冻死,一千两银子一把我也不卖!"大老爷没法子,天天骂儿子,儿子没法子,天天去逼呆子。呆子被逼得急了,扔出一句石头一样硬邦邦的呆话:"要扇子,先要我的命!"

平儿说到这里,加了一句评论:"姑娘想想,这有什么法子?"到了这地步,就没法可想了。

但这是在常理范围内得出的结论。你可以欺负穷人、逼迫穷人,但总不能为了几把扇子,要了穷人的命。用现在的话来说,你就是做坏事,也得有个底线。

我们可以在这里多认识一下贾琏。贾琏琏二爷毛病很多,

石呆子

其中之一是优柔寡断。而优柔寡断的人，总是保存着几分善良。所以在《红楼梦》里，我们经常看到贾琏会说一些具有正义感、具有人情味的空话。为什么说是空话呢？说了也不管用，他也不去做什么。但他毕竟是具有正义感、具有人情味的。他说薛蟠"玷辱"了香菱，就是空话，他并不会因为可怜香菱就把香菱解救出来。贾琏这样的性格，让他对石呆子无可奈何。因为他多少还留着天理良心。

贾雨村是什么样的人？平儿骂他是"没天理"的。这就是他和贾琏的不同。而有权力又没天理的人，要想办成什么事情就容易多了。他要让贾赦心情愉快，给他弄到那二十把扇子，简直不费吹灰之力。

你看他是怎么把扇子弄过来的：第一步，贾雨村想办法造出点理由，说石呆子拖欠了官府的银两，捉拿他到衙门里去。什么理由呢？小说里根本就没交代。你想贾雨村那么有才华的人，这理由还不是信手拈来？第二步，石呆子拖欠官银，无力偿还，必须变卖家产赔补，于是就把这扇子抄了来。第三步，扇子要折算成官价，去抵偿他欠的官银。怎么抵价的呢？一两银子还是二两银子一把？这我们不知道，小说里也不说这些。总之，最后这些扇子就送到贾赦府上。你可以推定，贾赦肯定是付了钱的，这样，在官面上是很干净、很堂皇的。你看，这些扇子他都是花钱买的。

这样就会留下一个问题：那石呆子把扇子看成命根子，性

骆玉明给孩子讲 红楼梦

子又梗，被贾雨村如此欺凌，会怎么样呢？平儿说"如今不知是死是活"。你想一想，活的可能性比较小吧。但是对于那些没有天理的狗官来说，一条人命又算什么？

这个故事也让我们更多地认识了贾雨村。在薛蟠的案子里，贾雨村显示出的是无耻的品格，在石呆子的案子里，他更多地表现为凶恶和残暴。到这里，贾雨村的性格层面更完整了。在《红楼梦》小说里，这个人物代表着当时社会的一种政治特质。

我们还没说到贾琏是怎么挨打的。那是贾赦拿着扇子，责问贾琏："人家怎么弄了来？"言下之意，就是指责儿子无能，应该向贾雨村学习。我不知道你有没有想起来，贾政也希望贾宝玉向贾雨村学习。这时候，贾琏说了一句话，这句话是他在整个《红楼梦》里说的最富于正义感、最光彩的台词："为这点子小事，弄得人坑家败业，也不算什么能为！"这话说的是贾雨村，实际上把他老子贾赦也带在里面了，说他们是伤天害理。这可把贾赦气疯了，随手拿起什么东西一顿乱打，把贾琏的脸都打破了。

我想说的是：贾琏认为最没脸的这一次，其实是最有脸的。

好了，我们是从香菱学诗的情节转过来的。现在还是回到大观园的诗社去吧。大观园来了一些新人，诗社也更热闹了，下一讲我们继续讲诗社的故事。

91讲

画中人

上一讲的最后，我们说到大观园来了一些新人。这些人都是贾府的亲戚，都是谁呢？

一拨是李纨的寡婶（她叔叔的妻子），带着两个女儿——大的叫李纹，小的叫李绮，一起来到了京城。另一拨是邢夫人的哥哥和嫂子，带了他们的女儿邢岫烟，来京城投奔邢夫人。再有一拨是薛宝钗的堂弟薛蝌，还有堂妹薛宝琴。他们这几拨人原本并不是一路的，来到京城的目的也各不相同，但是在路上他们遇到了，彼此一聊，原来七拐八拐都是亲戚，于是就一路同行了，然后又一起到贾府去走亲戚。

贾母是一个喜好热闹的人，就做主让那些女孩都在贾府里住下了，等玩几天再说走的事。这下就把宝玉和大观园的女孩们乐坏了。他们不是要办诗社吗？现在可更热闹了！

这一群人中,最引人注目的就是薛蝌和薛宝琴兄妹俩。

宝玉见过这对兄妹以后,回到怡红院的他是个什么样子呢?宝玉激动地对袭人、晴雯她们说,这薛蝌和薛蟠完全不是一个样子,"倒像是宝姐姐的同胞弟兄似的",这意思是说薛蝌跟薛宝钗更像,他很文雅。而让宝玉更加激动的是薛宝琴,"你们成日家只说宝姐姐是绝色的人物,你们如今瞧瞧他这妹子","我竟形容不出了"。可见宝玉觉得薛宝琴美得没法说了!

这薛宝琴更有一份奇遇,老太太一看到她就喜欢得不得了,立马就逼着王夫人认她做干女儿。干吗让王夫人认她做干女儿呢?这就是让王夫人在中间起个"摆渡"作用,王夫人认了薛宝琴做干女儿,薛宝琴就成了老太太的干孙女了。然后贾母就宣称,她要养活这个干孙女,也不让薛宝琴住到大观园去,就让她住在自己的身边。探春笑话贾宝玉说:"有了这个好孙女儿,就忘了这孙子了。"你这宝贝孙子可掉价了!

薛宝琴在《红楼梦》里面并不是主要的角色,她也没有卷入小说情节的变化过程,除了在大观园诗社的活动中,她显示了比较出色的文学才华,其他方面的个性特点并没有表现得很强烈。老太太那么喜欢她,理由是什么呢?

年轻貌美是一个理由,但是对老太太来说,这肯定是不够的。薛宝琴身上有一个所谓"四大家族"的女孩都缺乏的优势,她虽然年纪小,却见多识广,她的生命内涵丰富而又活泼。这应该是老太太喜欢她的一个很重要的原因。

薛宝琴的父亲和薛宝钗的父亲一样，都是富商。但薛宝琴的父亲"好乐"，就是贪玩，他在各处都有买卖，就带着家眷，今年在这个省逛上一年，明年又往那个省逛上半年，"所以天下十停走了有五六停了"，就是整个中国走了有一大半了。薛宝琴就这么跟着父亲，到过很多地方。不仅如此，她还在很小的时候，就跟着父亲出过洋，到海外去收买洋货，她还跟一个黄头发的西洋女子交过朋友。大观园的那些女孩，养在深闺，连大街都很少去。就算上了街，顶多就是在轿子里面透过帘子的缝隙向外张望一下，这跟薛宝琴哪里能比呢？

我们在这里要说到，《红楼梦》里经常写到各种西洋物品。在王熙凤和贾宝玉的房间里都有自鸣钟，贾府中的人不仅使用各种外来的珍奇纺织品，也常用西洋的药品。这种情节，一方面是反映了作者生活的那个时代，上层社会的时髦风气，同时也体现了作者对外来事物的浓厚兴趣。

所以，《红楼梦》对薛宝琴的赞美，还隐含着一层意思：广阔的开放的生活，会让女性的生命更加健康、更加美好。这既是老太太喜欢薛宝琴的原因，也是作者的一种认识。

那么，老太太喜欢薛宝琴，只是因为她的生活乐趣吗？也不是。我们暂且不多说，只说一条：薛宝琴比起林黛玉来，更加健康活泼，比起薛宝钗来，更加开朗和单纯。这种优势，使得老太太对薛宝琴有了更多的关注。

薛宝琴这些人来到贾府的时候，已经是寒冬了。有一天，

画中人

薛宝钗和史湘云、香菱在一起谈论诗歌，正说着，只见薛宝琴来了，她披着一领斗篷。斗篷就是那种像风衣一样的外套，它是什么样的呢？小说里用了两句话八个字：一句是"金翠辉煌"，指出了它的色彩和光泽；还有一句"不知何物"，说它珍贵稀罕，不容易辨识，你看不懂它是由什么做的。

所以薛宝钗见了忙问："这是那里的？"薛宝琴笑道："因下雪珠儿，老太太找了这一件给我的。"薛宝钗和香菱都不认识这个斗篷是什么材料做的。幸亏史湘云小时在贾母身边生活，知道这是用野鸭子头上的毛做的。雄性绿头鸭头部和颈部的羽毛，有金属的光泽，用来织成衣服，它在不同的光线下看，会变幻闪耀，非常华美。但这种毛很少，采集和制作都很难，自古以来都特别珍贵。所以史湘云又说："可见老太太疼你了，这样疼宝玉，也没给他穿。"

下过雪珠，第二天就下雪了，大观园里的诗社活动就有了很好的题目。中午时分，老太太也坐着轿子过来，跟那些诗社的孩子一起凑热闹。在这个情节中，《红楼梦》有一段非常经典、唯美的场景描写。书中说：只见贾母"带着众人，说笑出了夹道东门（从一个视野被遮挡的地方，走到一个视野开阔的地方）。一看四面粉妆银砌（一片雪的世界），忽见宝琴披着凫靥裘站在山坡上遥等，身后一个丫鬟抱着一瓶红梅"。一片皑皑白雪之中，一个美丽的少女站在山坡上，身披着金翠辉煌的斗篷，后面跟着的丫鬟捧着一瓶红艳艳的梅花。就是这么一个图景。

贾母开心地笑着说:"你们瞧,这山坡上配上他的这个人品,又是这件衣裳,后头又是这梅花,像个什么?"众人都笑道:"就像老太太屋里挂的仇十洲画的《艳雪图》。"仇十洲,名叫仇英,他是明代以擅长仕女画闻名的画家。贾母听了,摇着头说:"那画的那里有这件衣裳?人也不能这样好!"仇十洲也画不出这么美的人、这么美的景。读到这里,我们不禁要感慨:世界本来可以如此的美好,生命本来可以如此的美好。只可惜美好的一切都不长久。

逛了一阵,贾母就由王熙凤陪着回到自己房中。一会儿薛姨妈来了,说是好大雪,"正该赏雪才是"。这么闲聊着,贾母又说起薛宝琴刚刚的那一幅场景,说是比画上还好看,于是又细问她的年庚八字,就是哪年哪月哪日什么时辰生的,家里的

情况是什么样的。

问这些干吗呢？古代人结婚，要了解八字合不合，所以薛姨妈猜度贾母的意思，大概是要给贾宝玉求婚配。但薛宝琴已经许配给别人了，只是贾母她没有明着说，所以薛姨妈也只能绕了一个圈子，说这孩子如何从小跟着父亲到处游历，然后又说到，那年在京城，把她许了梅翰林的儿子，偏偏第二年她父亲就去世了……就这么绕着给贾母说明了，薛宝琴已经有了婚配的情况。

王熙凤没等说薛姨妈说完，就唉声叹气地跺着脚说："偏不巧，我正要作个媒呢，又已经许了人家。"这是表明什么呢？表明她知道贾母的心事，而且她的心事和贾母的心事是相通的。同时也把贾母要说的话给说完了。但薛宝琴既然已经有了婚配，这事就不必再说下去了。

这一年贾宝玉十六岁了，已经到了考虑婚事的年纪。老太太到底是怎么想的呢？贾宝玉和林黛玉闹了多少次，像一对冤家，老太太不可能毫无感觉。贾宝玉和薛宝钗有一个"金玉良缘"的说法，也早就传得纷纷扬扬，老太太更不能毫无感觉。但她似乎没有觉得贾宝玉和她们两个人是合适的。这是她看到薛宝琴，一下就喜欢得不知如何是好的根本原因。

这么说来，贾宝玉的爱情和婚姻之事，还得有许多曲折，这个我们慢慢再说吧。现在我们要说的是什么呢？贾宝玉房里的袭人，她的母亲病重了。这一次她回去，贾府为她摆了一个好大的场面。到底是怎么回事呢？我们下一讲再说。

92 讲

各有所重

上一讲我们说到袭人的母亲病了。这个消息是由袭人的哥哥花自芳到贾府来禀告的,他说袭人母亲病重,想念女儿,请求让袭人回家去探望。这事报到王夫人那里,王夫人说:"人家母女一场,岂有不许他去的。"这就是同意了。

这事情本来很简单。主子恩准了,花自芳叫一辆车带妹妹回家就是了,袭人也不是第一次回家。但王夫人这次做法不一样,她特地叫了王熙凤过来,命她酌量去办理。什么叫"酌量"呢?就是按照实际情况的需要,做适当的安排。如果只是一个普通的丫鬟要探亲,哪里需要王熙凤给她安排?但是现在,袭人的"量"变了,她已经不是一个普通丫鬟,王夫人就想趁着这个机会,把她身份的变化给显示出来,**让袭人感受到一种荣耀和恩惠,从而更好地完成王夫人托付给她的责任。**

那么王熙凤是怎么做的呢？她回到府中，便命周瑞家的去告诉袭人，花自芳来说的她母亲生病的事。然后王熙凤又吩咐周瑞家的："再将跟着出门的媳妇传一个，你两个人，再带两个小丫头子，跟了袭人去。外头再派四个有年纪跟车的。要一辆大车，你们带着坐，要一辆小车，给丫头们坐。"那就是贾府里面派四个人，贾府外面干粗活的也带上四个，一共八个随从，两辆车——这就是袭人回家的排场。有必要吗？有必要的，这就是为了彰显袭人的身份。你还可以注意到，带队的人是周瑞家的，那是王夫人的亲信。这也增加了袭人的体面。

周瑞家的答应了，才要去，王熙凤又把她叫住，叮嘱了几句话：让袭人穿几件颜色好的衣裳，另外带一个大大的包袱，多带些衣服，以便替换。另外备用的器物，像手炉什么的，也要拿好的（反正一切都要挑好的）。最后还不放心，她又让袭人在临走的时候，先过来让她瞧上一瞧。也就是说，王熙凤要最后确认一下，准备得是否恰当、合格。

王熙凤这么仔细，她怕什么呢？她怕袭人仍旧用丫鬟的身份来衡量自己，不好意思打扮得太华丽，但这样的话就违背了王夫人的心愿。

过了半日，果然见袭人穿戴好来了，两个丫头和周瑞家的拿着手炉和衣包（放衣服的包袱）。王熙凤看了看袭人，她头上戴着几支金钗珠钏（黄金的和珍珠的首饰），倒是蛮华丽的。又看身上穿的，那是王夫人赏给她的衣服，上身是桃红色的丝绸面子、内面衬着银鼠皮的袄子，下身是葱绿色丝绸的裙子，上面绣着金线，外面再套着一件青缎灰鼠皮褂。这些都很贵重，打扮起来差不多就像个贵太太了。可王熙凤觉得还不够，说外面的那件褂子颜色太素了，而且又不是大毛的（那种长毛的皮草，显得更华贵一些），于是她就吩咐平儿把自己穿的一件大毛的狐狸皮的褂子拿出来送给袭人。然后又把包袱里面带着的衣服检查了一遍，换了几件好的进去。王熙凤一面看一面说笑，她说她自己作为贾府管事的人，要考虑"大家的体面"，就是世家大族的体面。

有时候我也不能确认，作者的有些写法是不是有意识的。那么我们就从客观方面来说，《红楼梦》写了两场省亲，一场是元妃省亲，一场就是袭人省亲。元妃是皇帝的小老婆，她的省亲要考虑皇家的威严和皇家的体面。袭人是贾府公子贾宝玉的未经正式确认的小老婆，她的省亲也要体现贾府的体面。你当然可以说，袭人的身份怎么也不能跟元妃相比，可是，其中的道理难道不是一样的吗？

你还记得我们曾经说过，袭人前一次回家，母亲和哥哥打算把她从贾府赎回来，让她另外嫁人这件事吗？当时袭人哭了一场，死也不肯回去。她希望凭借自己的能干和努力，在贾府获得更好的机会，获得她所想要的幸福。如今，她几乎可以说已经成功了。她以这样的排场，穿着如此华丽的服饰回到家中，对她的贫寒之家而言，这就是莫大的安慰和莫大的荣耀。

当然，这也是她自己的荣耀。

贾宝玉身边的丫鬟，以袭人和晴雯两个人最为重要。但这两人的性格是完全不同的，作者常常把她俩互相对照着来写。 袭人回家探亲去了，母亲病重治不好，她就留在了家里，一直要等办完丧事才回到贾府。那么这些日子里，晴雯又做了什么呢？

晴雯病了。看小说中的描述，用现代的医学概念来说，那是一场重感冒。虽然不是什么危险的病，但高烧不止，病情挺严重的。

生病的时候，晴雯干了两件事。

一件事，她把小丫头坠儿撵走了。

坠儿，就是那个曾经给小红和贾芸两个人穿针引线的小丫头。她出了什么事呢？她眼皮子浅，偷了平儿的一个金手镯，被查出来了。平儿怕伤了贾宝玉的面子，想把这件事情冷处理，就是将来另找个理由把坠儿给撵走，贾宝玉也赞成。只是晴雯知道了，她是火暴性子，心里面忍不住。

晴雯发烧难受，身边没有人，就骂小丫头子们不知钻到哪里去了，这时坠儿也蹭了进来。晴雯恶狠狠地把她叫到床前，冷不防坐起来一把将她的手抓住，从枕头边上取了一支细长的簪子，在她的手上乱戳，嘴里还骂道："要这爪子作什么？拈不得针，拿不动线，只会偷嘴吃。眼皮子又浅，爪子又轻，打嘴现世的，不如戳烂了！"坠儿就疼得乱哭乱喊。

接着，晴雯就命人把管事的宋嬷嬷叫进来，说是宝二爷吩咐了，说坠儿很懒，使唤不动她，"今儿务必打发他出去"。把她撵走。

宋嬷嬷知道这是坠儿偷镯子的缘故，但怡红院丫鬟的事情，应该由袭人来做主，就说："虽如此说，也要等花姑娘回来知道了，再打发他。"晴雯毫不客气地说道："宝二爷今儿千叮咛万嘱咐的，什么'花姑娘''草姑娘'，我们自然有道理。"这样就让坠儿的娘把闺女给领走了。

我们注意一下，前面这段故事，并没有把晴雯的形象描写得很美好。坠儿虽然讨嫌，但这件事情轮不到晴雯管。她却又那么暴躁、那么凶狠，不仅打了坠儿，还冒用贾宝玉的名义，立刻就把坠儿撵走。你可能会因此不大喜欢她。

但这段故事正是写出了晴雯的性格，她明朗、率直、任性，所谓"眼里揉不得沙子"。 你这么一想，也许在不喜欢她之后，又重新喜欢了。《红楼梦》的笔法就是这样，它很奇妙的。

第二桩事情，是她给贾宝玉的一件衣服补了一个洞。

当然，这不是普通的衣服。贾母收藏着两件珍贵的斗篷，一件给了薛宝琴，我们前面说过了，还有另一件的料子，名叫"雀金呢"，说是出自俄罗斯的。它是用孔雀毛配了金线织成的，那衣服也是一片光彩闪烁，金碧辉煌。这件衣服珍贵到什么程度呢？老太太说了，就这么一件，现在也不可能再做了。

各有所重

那是贾府以前大富大贵的年代留下来的东西。

可是就这件衣服，贾宝玉第一天穿上它，就把手炉里的火星子迸出来，掉在衣服上，烧了一小块。本来想拿出去叫匠人给织补一下，可是没人认得这是什么东西，也没人敢揽这个活儿。

老太太、太太吩咐了贾宝玉明天要穿这件衣服的，可是它烧了个洞。这是老祖宗珍藏的传家宝，贾府虽然富贵，如今也没有能力特地去置办这么一件衣服，这会让人感到扫兴，甚至有些伤感。所以贾宝玉就急得不知怎么是好。

晴雯在那里昏睡着，听他们说了半天，忍不住翻身起来说道："拿来我瞧瞧罢。"把灯移过来，细细地看了一会儿，晴雯说："这是孔雀金线织的，如今咱们也拿孔雀金线就像界线似的（界线是一种遮补的方法）界密了，只怕还可混得过去。"

外面的匠人干不了，怡红院里，也只有晴雯能干，可是她正在发高烧。晴雯说："顾不得，我挣命罢了（拼命就是了）。"一面坐起来，挽了一挽头发，披了衣裳，只觉得头重身轻，满眼金花乱迸，实实在在是撑不住。若要是不做，又怕贾宝玉着急，只能恨命咬着牙挨着。

这活儿非常难、非常细，小说里有具体描写，我这里不多说了。干了多久呢？干到屋子里的自鸣钟敲了四下，一个通宵干下来，到清晨四点了。

做完了，晴雯"嗳哟"一声，就身不由主地倒下去。

各有所重

　　这是晴雯的故事。她是火暴性子,她聪慧灵巧。她无论做什么,无论是爱还是恨,都毫无遮掩,任着性子来。她也并没有存心跟袭人去斗,只是她们俩性情不合,自然要起冲突。而袭人是那么有心机的女孩,晴雯斗不过她。

　　好吧,日子不断地过去,眼看到了岁末,贾府要准备祭祖和过年了。在古代社会里,祭祖是一个家族内部重大的仪式。我们下一讲就说说祭祖的事。

~贾府过年~

宁国府除夕祭宗祠
荣国府元宵开夜宴

93讲

贾府过年

上一讲说到腊月了，贾府准备过年了。宁国府这边，开了宗祠，就是贾府的祠堂，派人打扫，收拾供器，做祭祖的准备，这是过年时最隆重的仪式。同时，也准备好过年时要发派的压岁钱，这种压岁钱是小的金元宝、银元宝，需要事先让金铺给浇铸出来。

那一天，宁国府的女主人尤氏正在打点准备送给贾母的针线礼物，一个丫鬟捧了一茶盘的压岁锞子进来，锞子就是小元宝，她回禀尤氏："兴儿（兴儿是在外面办事的仆人）回奶奶，前儿那一包碎金子共是一百五十三两六钱七分，里头成色不等，共总倾了二百二十个锞子。"说着把茶盘递了上去。尤氏看了一看，有各种各样的花色，有梅花式的，也有海棠式的。我们帮她算一下，这种小金锞子平均每个大约是零点七两，按小说中提及的白银与黄金的比值为一比十，那么小金锞子的价值相当于七两银子。这就是过年时用来赏赐小辈的。有人带着小辈来拜年，就拿这个给孩子。书里面写尤氏看了金锞子，就让人把它收起来，又派人催兴儿，"叫他把银锞子快快交了进来"。银锞子浇了多少没有说，那肯定是比金的多。这么一写，贾府过个年有多么奢华，也就可见一斑了。

过年有很大的开销，有没有收入呢？也是有的。

书中在这儿提到两件事。一项是皇帝赐给贾府用来祭祖的银子。数字没有写，但贾珍说："咱们家虽不等这几两银子使，多少是皇上天恩。"可以推导出来，论数量那是很有限。但它来自皇恩，是贾府的荣耀。

再有一项是田庄的收入。

贾珍正在安排过年的酒宴，一个小厮手里拿着个禀帖还有一篇账目，回说："黑山村的乌庄头来了。"黑山村是宁国府的田庄，乌庄头名叫乌进孝，是田庄的管理人。这黑山村在一个傍山临海的地方，乌进孝送租到京城，距离相当远，路上又难走，花了一个月的时间才走到。离黑山村不远的地方，还有荣国府的田庄，规模要比宁国府的还要大好几倍。

乌进孝呈上了一个长长的账单，写着今年田庄送租的内容，其中包括鹿、獐、狍、野猪等各种野兽，还有猪、羊等各种家畜，鸡、鸭、鹅等各种家禽，熊掌、鹿筋等各种野味，榛子、松子、杏仁等各种山货，海参、蛏干、鲟鳇鱼等各种水产,以及各种品质的稻米杂粮,各种品质的柴炭,形形色色,无所不包。这些每一项都有数量,说来就过于烦琐了,我们就挑几件来说一下。比如各种猪是一百头,各种羊是八十头,烧火的炭分成三等,上等的是一千斤、中等的是两千斤、日常用的是三万斤,稻米除了一些珍贵品种,如御田胭脂米、碧糯等,日常用的普通米是一千石。而除这些所有实物以外,田庄各种产品售卖以后换回来的白银是二千五百两。

这么一个田庄收入的账单,要是以普通人的眼光看来,已经是很惊人的了。但贾珍一看,顿时就皱起了眉头。这和他预计的相差太远。贾珍让人把乌庄头叫进来,指责他说:"我算定了你至少也有五千两银子来,这够作什么的!真真是又教别过年了!"乌进孝赶紧解释:今年的年成实在不好,不停地下雨,又是碗大的冰雹,打坏庄稼打死牲畜,实在是无法可想。

两个人这么对话下来,我们知道乌进孝带来的这份账单,大概是正常年份的一半。

宁、荣两府全部收入的情况在小说里没有详细的交代。大概来说,从固定资产获得的收入主要是房产租金和田庄租金。贾赦、贾珍世袭的爵位和贾政的官职也有俸禄,但这种制度规定的收入数额很有限,对于这种豪富之家来说,几乎可以忽略不计。

田租收入减少,使贾珍感觉到财政上的紧张,也就是说出现了入不敷出的问题。这是宁国府。荣国府呢?情况更严重。

贾珍跟乌进孝聊着,将两边做了比较。他说,宁国府这边,没有什么额外的支出,"不过是一年的费用"。有些地方开支不过来,就委屈自己减省一点。比如每年照例要请客送礼,厚着脸皮,能省的也就省下来了。总之,宁国府一方面依然遵循惯例,生活豪华奢侈;另一方面已经想方设法,减少支出。

荣国府就不一样了,他们想省也省不下来。因为"这几年添了许多花钱的事,一定不可免是要花的",就是躲也躲不开。这种不可免的支出主要是什么呢?他们家出了贵妃,必须和宫廷以及王公贵族保持密切的关系,包括很多礼仪性的交往。这是一种体面,同时也是保持这个家庭政治地位的需要。这方面的开支是很惊人的。举一个很小的例子:后面的故事中说到,皇宫中的几位太监,也隔三岔五地跑到贾府来借钱。他说"借",你敢说"还"吗?当然是白送。太监不能得罪啊!他们伺奉娘娘,要是心情不好,指不准在哪儿使点奸、使点坏,那就麻烦大了!

你要问:难道,荣国府出了一个皇贵妃,就不能带来好处吗?乌进孝就觉得这不可能。他笑着说:"那府里如今虽添了事,有去有来,娘娘和万岁爷岂不赏的!"贾珍和贾蓉父子听了,都觉得很可笑,说"你们山坳海沿子上的人,那里知道这道理。娘娘难道把皇上的库给了我们不成"。荣国府支出惊人,但是直接的经济好处根本是没有的。前面我们估算过,贾府为了修建大观园,耗掉的银子应该有一百万两左右。说起造园子，贾珍感叹说："再两年再一回省亲，只怕就精穷了。"只怕就彻底穷了。

然而，出了一个皇贵妃，对贾府真的没有好处吗？当然不是。这会显著提高贾氏这一豪门贵族在政治上的安全性，提高它的社会地位。更重要的是，参照明清时代的常规来看，如果贾氏有政治上精明强干的人，凭借这种背景，会更容易获得升迁的机会，并且更牢固地保持权力。权力就会给家族带来金钱。

贾府为什么会穷下来？原因很简单，这个家族已经腐烂了，没有人才，没有人在国家政治结构中占据重要的地位，掌握重要权力。

我们刚刚说过：官员的俸禄十分有限，但在当时的政治结构中，官员从来不靠名义上的俸禄来生活。他们有巨大的隐形收入，或者说"灰色收入"。"三年清知府，十万雪花银"，如果是更高的省级大员，而且又不"清"，那会怎么样呢？问题是贾府现在没有这样的人，他们离权力中心很远。因而贾府的经济也就成为单纯的消耗状态，种种奢华与体面，全靠吃老本来维持。

到了腊月二十九，各种准备都已经做好了，宁、荣两府也装饰得焕然一新。宁国府的门一道道打开，两边的台阶下面一色的朱红大灯笼，像两条金龙一般。

第二天除夕，是祭祖的日子。从贾母开始，包括平日里从不回府的贾敬，整个贾氏宗族中的人，有年长的有年幼的，包括男性也包括女性，包括嫡系的也包括远支的，全都聚集到宗祠，按照一定的规则各自站好位置，举行祭祖仪式。等到贾母拈香下拜，众人一齐跪下，把五间大厅、三间抱厦（大厅正面向前延伸出来的部分）、内外廊檐、阶上阶下，塞得没有一点空地。人虽然多，却是一片肃静，只有首饰和玉佩微微摇曳之声，还有就是众人站起、跪下时鞋子移动踩踏的声响。这是一个非常庄肃的仪式，人们怀念祖先，祈求祖先之灵保佑这个家族永远兴旺。只要不发生突然的变故，这种世代豪门的衰败是缓慢的。所以，一切荒唐和堕落，还将照常延续下去。

在传统习俗中，过年要过到正月十五的元宵节才算完。这一天贾母在自己住处的大花厅开了家宴，看戏、听说书。老太太的兴致来了，对演才子佳人的戏剧发表了一通高见。她说了些什么呢？我们下一讲再说。

94讲

鬼不成鬼

上一讲我们说贾府过年,大年三十举行了隆重的祭祖仪式。到了正月十五元宵节那一天,贾母命人在自己住处的大花厅摆上十来席酒,举行了家宴,这就是年节的最后一天了。

宴席的布置十分讲究。我们只举两个例子来说一下。一个是每一桌酒席旁都设有一个几,就是一种小桌子,上面放着香炉和焚香用的器具,它是一个三件套,所以叫作"炉瓶三事";香炉里,焚着御赐百合宫香,香炉边上呢,配着一个小小的盆景。另一个是每一桌酒席旁放着一架屏风,那屏风是紫檀透雕的。透雕就是镂空的雕刻,紫檀的透雕那应该很珍贵的吧,但这只不过是一个架子而已,真正珍贵的是上面嵌着的绣花艺术品,这绣品非同小可,它出于一位名叫"慧娘"的女子之手,极其精致和文雅,存世的数量非常之少,富贵之家偶尔有那么一件两件，都珍藏着不舍得拿出来用。贾府原来有三套慧绣，另外两套进贡到皇宫里去了，可见这对皇家而言也是稀罕的东西。剩下的这一套，就是贾母自己留着，别人不能动它。

上面举的这两个例子，显示出贾母举办的家宴，许多用品都达到了皇宫的水准。《红楼梦》里说这些细节表明什么呢？当然，这反映了贾府的富贵。但同时，也是更重要的，这里反映出贾母对生活享受的追求。她不喜欢表面的奢侈，不喜欢那种金碧辉煌的气派，也不喜欢浪费，但她喜欢特别贵重而又高雅的东西。

因为是家宴，老太太也很随意。她就斜靠在一个矮榻上；这种矮榻是用来坐的，却像个床，低矮宽大，可以半躺半坐，有点像现在的大沙发。老太太向两位客人，一个是薛姨妈，一个是李纨的婶婶，笑着打了个招呼，说："恕我老了，骨头疼，容我放肆，歪着相陪罢。"让我斜躺着陪你们。然后又命丫鬟琥珀坐在榻上，拿着美人拳捶腿，美人拳就是一种捶腰捶腿的用具。贾母歪在榻上，与众人说笑一回，然后又拿起眼镜向戏台上瞧一回。这个地方我们也稍微注意一下，老太太是使用眼镜的。贾府里有各种来自西洋的生活用品，这背后是乾隆时代上层社会的风气。

我们再来说说老太太这个人。《红楼梦》第五十三回、第五十四回写贾府过年，表面是一派富贵奢华的气氛，实际骨子里已经渐渐地显得窘迫了。再往下，贾府的经济危机将会越来

越明显。有人会问：既然老太太是贾府中辈分最高、最有权威的人，难道她不应该努力阻止贾府的衰败吗？反过来说，贾府的衰败，难道老太太她就没有责任吗？

　　这个问题牵涉的方面比较多。我们需要格外注意的有两点：首先，中国古代社会是由男性主导的。虽然老太太在家族内部的地位很高，但她不可能代表贾府在政治领域里面活动并发生影响。如果贾府的男性成员无力支撑这个家族，那么她也只能是无可奈何。其次，老太太之所以特别受到家人的敬重，其中一个原因正是因为她不管事。贾府这种世家大族，内部的冲突非常激烈，有时甚至是生死相搏。一代人有一代人的矛盾。老太太如果一直抓住大权不放，必然把后辈的矛盾集中到自己身上。她是个明白人，何苦惹这种麻烦？她说自己"嚼的动的吃两口，困了睡一觉，闷了和这些孙子、孙女玩笑一回"，就是以一种超脱的态度安享晚年。到了不得已的时候她出来说几句话，说得少，那才管用。

我们再回到酒宴上。这里边吃喝边看戏，看到小戏子演得乖巧讨喜，贾母一高兴，边上王熙凤等人就拿着事先准备好的簸箩，里面装着崭新的铜钱，往戏台一撒，只听豁啷啷满台的声响，非常喜庆热闹。

听了一阵戏，吃了元宵，贾母就让戏暂时歇一歇，改为听说书。说书的是两个女先儿，先儿就是对说书艺人的称呼，女艺人，更方便为富贵人家的女眷服务，你不能叫一个男艺人进来说书。她们在凳子上坐下，老太太让她们先介绍一下故事的概略，看看是不是有趣。女先儿就介绍起来：这书上说的是晚唐一个宰相，姓王，告老还乡了，家中只有一位公子。王公子上京赶考，途中在一个庄子上避雨。这庄子里面有个乡绅，姓李，把王公子留下来住在他家书房里。这李乡绅，膝下无儿，只有一位千金小姐……

说到这儿，故事还没介绍完，贾母忙说：不用说，我猜着了，自然是这王家公子要求娶这李家小姐为妻。女先儿还以为老太太听过这一回书，贾母说并没有。她笑着说："这些书都是一个套子，左不过是些佳人才子，最没趣儿。"而后对这种小说进行了一大通严厉的批评。

鬼不成鬼

清代出现了很多所谓"才子佳人"的小说，故事内容大多是一种俗滥的陈套，不真实也没有想象力，艺术水准很低。我们一开始就说过，《红楼梦》在艺术上的一个重要特点就是反套路，它有很强的写实力量。所以小说里面贾母对"才子佳人"小说俗套的批评，既是表现了贾母的艺术趣味，起到刻画人物形象的作用，同时曹雪芹也是借贾母之口，表达了对小说艺术的看法。

不过，贾母的"文学批评"，还有一个值得重视的地方。

我们需要注意到的是，明清戏剧小说中"才子佳人"的故事，尽管艺术水准不高，却有一个共同点：它们描写了年轻人对自由恋爱的渴望和追求。在这一点上，它们和《西厢记》《牡丹亭》乃至《红楼梦》这三部古代伟大的爱情文学是有相通之处的。

而老太太的批评，在指责"才子佳人"故事不真实的同时，还严厉指责它所描绘的"佳人"品德非常低劣。她说，"这小姐必是通文知礼，无所不晓，竟是个绝代佳人。只一见了一个清俊的男人，不管是亲是友，便想起终身大事来，父母也忘了，书礼也忘了，鬼不成鬼，贼不成贼，那一点是佳人？"

你可以看得很清楚：在老太太眼中，一个"佳人"，如果忘了父母之命，忘了"书礼"（就是传统礼法的规定），那就"鬼不成鬼，贼不成贼"了！

我们前面说过,《红楼梦》中的贾老太太是一个令人喜爱的形象,她见多识广、通情达理。但是,在这个地方也不能说得太夸大。她终究是贾府这个世家大族的家长,她所认同的"情"和"理",不能够超出礼法正统的范围,至少不能够与礼法有直接的冲突。在这个地方,作者的把握是很准确的。

发生在元宵节这天的故事,还有两个情节可以与我们上面说的这个情节做一个对照。

一是贾母发现袭人没有跟随过来伺候宝玉,就有点不满。王夫人忙替她解释:"他妈前日没了,因有热孝(刚刚开始守孝),不便前头来。"贾母听了点点头,又笑道:"跟主子却讲不起这孝与不孝。若是他还跟我,难道这会子也不在这里不成?"老太太的意思,奴仆忠于主人是首要原则,奴仆对自己父母的"孝"要服从这一原则。你读到这里,心里会不会有一阵凉?

不止这一件事。因为说起袭人的母亲去世了,贾母就想起鸳鸯的娘前不久也死了,老太太说:"我想他老子娘都在南边(不在京城里),我也没叫他家去守孝。"也就是说,当鸳鸯母亲去世的时候,贾母没有允许她回南方去探视去送丧。因为老太太离不开鸳鸯。从原则上来说,这也是老太太说的"跟主子却讲不起这孝与不孝"。读到这里,你会不会心里又是一阵凉?

老太太当然不是无情之人。她会想到袭人先伺候自己后来

鬼不成鬼

又伺候宝玉,很尽心也很辛苦,就提出来要多赏她一些银两。她也会想到鸳鸯心中难受,让她跟袭人去做个伴。因为鸳鸯和袭人是好朋友,她们都遇到了同样的事情。这些地方体现了主人的大度,它和主人要求奴仆无条件忠诚,两者并不矛盾。

《红楼梦》写人物,思想和性格的层面很丰富。读完这一讲,你对贾老太太的理解,是不是又深入了一层?

好了,贾母的事我们暂且放下。前面说到,在贾府过年的过程里面,我们看到它的财政危机越来越逼近。有人试图对此做一些补救。这人是谁呢?我们下一讲再说。

95讲

谁是我舅舅

前面两讲我们都在说贾府过年的事。年事忙过,王熙凤出了点问题,她流产了。调养了一个月,却因为身子亏虚,又添出其他毛病,弄得面黄肌瘦。前前后后拖了有半年光景。这样她就不能继续理事了。

王夫人没有了王熙凤,便觉得失了膀臂。于是她就命李纨、探春、宝钗帮自己管事,组成了"三驾马车"。叫李纨管事,因为她是大嫂子,在同辈人中年纪最大,道理上比较顺。但李纨这个人性子软,压不住,所以又添上探春协助她。叫上宝钗就显得有点特别:她是外人,是贾府的亲戚,怎么来管贾府的事呢?这里面有王夫人的意图。王夫人的心目中,其实是把她当成未来的儿媳妇看待的。我们可以认为,宝钗是在实习。

三驾马车以谁为主呢?李纨随和没主见,成不了主角,宝钗也不便喧宾夺主，她主要是四处巡查防止错漏，于是探春不知不觉，就成了"三人领导小组"的核心。

一天，李纨和探春在一个小厅上坐着喝茶。她们这是联合办公，等待下面管事的人把要处理的事情报上来，商量一下做出决定。一会儿，只见吴新登的媳妇进来了，回说："赵姨娘的兄弟赵国基昨日死了。昨日回过太太（王夫人），太太说知道了，叫回姑娘奶奶来。"说完了，便垂着手在一旁站着，再不言语，等待李纨和探春的指示。

吴新登是荣国府的一个管家，他的媳妇是一个管家婆，算是一个有脸面的女仆。赵国基也是荣府的仆人，一个比较低等级的仆人。为什么要特别指出他是赵姨娘的兄弟呢？因为要处理的事情是应该赏给赵姨娘多少银子，这些银子怎么用是由赵姨娘决定的。而吴新登家的报告完了站在一边，好像很恭敬的样子，其实她念头很多。

这怎么说呢？她是个老资格的管家婆，对这类事情经历得多了。小说中说："若是凤姐前，他便早已献勤说出许多主意（会提供建议），又查出许多旧例来任凤姐儿拣择施行。"可是现在什么也不说，她是欺负李纨老实，探春又是个年轻的姑娘，想看她们的笑话。这是主仆之间的斗争：主人越是没主见、错漏多，管家婆可以操弄的空间就越大。

探春就问李纨。这是一个表示尊重的态度。李纨想起袭人的例子，袭人母亲去世，赏银四十两。袭人是享受姨娘的待

骆玉明给孩子讲 红楼梦

遇，李纨说就按这个例子也赏赵姨娘四十两罢了。吴新登家的听了，忙答应了是，接了对牌就走。

这事本来已经完了，探春却不干。她把吴新登家的叫住，问她：同样是妾，有家里的有外头的，待遇上有没区别？因为妾本来都是奴仆身份，所谓"家里的"，是指贾府世代的奴仆，所谓"外头的"是指从外面买进来的奴仆。我们知道袭人就是小时候被家里卖到贾府的。

吴新登家的没有做好准备，先就胡乱搪塞了一句，被探春驳斥回去，只得笑着答应："既这么说，我查旧帐去，此时却记不得。"探春笑着，先说了一句："你办事办老了的，还记不得，倒来难我们。"这话的意思是说吴新登家的不但没有尽到责任，而且是在有意刁难。接着又追问："你素日回你二奶奶也现查去？"你在王熙凤面前也敢这样的吗？后面再加上一句："若有这道理，凤姐姐还不算厉害，也就算是宽厚了。"要是这样，王熙凤不来严厉地处罚你，真是太宽厚了。这些话的意思，就是你明摆着欺负我们两个。语气虽然平和，骨子里却十分凌厉。管家婆满面通红，赶忙出去取了旧账来。

查看下来，果然内外有别：家里是赏二十两，外头赏四十两，这是常规。探春把账本递与李纨看了，决定按照旧例赏二十两银子。

一会儿，忽见赵姨娘进来了，一把眼泪一把鼻涕地哭着对探春诉苦，"这屋里的人都踩下我的头去还罢了"，这话说到一半，但是不把它说完，又接下面的一句："姑娘你也想一想，该替我出气才是。"探春忙道："谁踩姨娘的头？说出来我替姨娘出气。"

你注意这里的称呼。从血缘关系来说，赵姨娘和探春是母女，但在礼法体制中，她们又是主奴关系。"姑娘"是对小姐的称呼，"姨娘"是对妾的称呼。

那么，到底是谁踩了赵姨娘呢？探春问了，赵姨娘这才把刚才的半句话说完整："姑娘现踩我，我告诉谁！"然后诉说了她的不平："我这屋里熬油似的熬了这么大年纪，又有你和你兄弟，这会子连袭人都不如了，我还有什么脸？连你也没脸面，别说我了！"

她来争吵的缘由现在清楚了：同样是家里死了人，袭人的赏银是四十两，她才二十两，这个不公平。虽然同样是妾，赵姨娘认为自己要比袭人地位高。依据是两个：一是资格老，她"熬了这么大年纪"，奴才也涨资格了；二是她生了贾环和探春，是对家族有贡献的人。然后她又强调，如果自己丢脸了，作为女儿的探春也会跟着丢脸。

探春先是笑着跟她解释，又把账本念给她听，说明这是"祖宗手里旧规矩"，人人都得照着办。这是容易说清楚的事情，她并不为此而恼火。

那么让探春恼火的事情是什么呢？是赵姨娘说的，她要是没脸了，探春也会跟着没脸。赵姨娘强调的是母女关系。当妈的丢脸，女儿也会跟着丢脸。

但探春并不这样认为。对奴仆赏银多少，是由太太做主的。太太要是连房子都赏了人，自己也不见得就会长什么脸，就是一文不赏，自己也不丢脸。说到底，一个奴仆的脸面，跟小姐有什么关系呢？她看到的首先是主奴关系。

但是她是赵姨娘亲生的女儿。这母女关系，终究也是摆脱不了的事实。赵姨娘又是动不动闹出点事来，令探春感到心寒。她感慨地说："我但凡是个男人，可以出得去，我必早走了，立一番事业，那时自有我一番道理。"她很相信自己的才华，但一个女孩，没有施展的机会。命运加给她的一切，她没有力量摆脱。

因为探春说事的时候，说到太太心疼她看重她，才让她来管事，赵姨娘对这个格外生气。既然如此，你为什么不拉扯我们呢？赵姨娘说："你不当家我也不来问你。你如今现说一是一，说二是二。如今你舅舅死了，你多给了二三十两银子，难道太太就不依你？"

赵姨娘在那里絮絮叨叨说了一长串，探春没听她说完，就已经气得脸色发白噎住了气。这刺到了她的痛处，她抽抽咽咽地一面哭，一面问道："谁是我舅舅？我舅舅年下才升了九省检点（说的是王子腾），那里又跑出一个舅舅来？"探春所认的舅舅，是王夫人她哥，是身任九省检点、显赫无比的王子腾，赵姨娘所说的舅舅，是荣国府的下等奴才赵国基。这两个人，岂止是天上地下！

探春的心思是，就算母亲是无法否认的，也没有必要将自己那个庶出的身份到处张扬，更没有必要牵扯出什么舅舅来。母亲是不能不认的，舅舅根本没有那么一回事。你听她怎么说："我倒素习按理尊敬，越发敬出这些亲戚来了。"就是说对赵姨娘，她能够遵循一定的礼貌，但是，如果由此带出一大堆"亲戚"来，那岂不是要把这位三小姐拖进奴才窝里去吗？

我们必须清楚地了解古代家庭中的礼法规则，才能理解赵姨娘和探春的冲突。赵姨娘当然很可笑。她目光短浅，想要捞到一切可能得到的好处，但她的身份是奴仆，只有那一对儿女，才是她的资本，她的希望。所以她总是要强调这一点。而探春需要强调的是自己的贵小姐身份。她的修养、她的做派、她的一举一动，都是往贵小姐的方向上表现自己。她需要尽可能摆脱母系血缘带给她的自卑感。因此，她们看到对方，彼此都很痛苦。

这就是曹雪芹要告诉我们的一个道理：人都是命运中的存在，人又总是用各种方法来反抗命运。而反抗命运的方式，仍然是由命运决定的。

由赵国基之死引起的一番争执，因为平儿前来传达王熙凤的意见而暂告结束。由于吴登新媳妇的刁难，赵姨娘的刺激，更激起了探春内心的骄傲。她不仅在管理贾府内部事务上更加主动，甚至试图挑战王熙凤的权威。这会不会引起新的矛盾呢？我们下一讲再说。

抽身退步

上一讲我们说到,赵姨娘为了她弟弟赵国基去世后赏银多少的问题,跟探春闹。正争吵着,忽然听到有人说:"二奶奶打发平姑娘说话来了。"就是王熙凤派了平儿来传话。赵姨娘听了,才把口止住,不说了。只见平儿进来,赵姨娘连忙赔笑让座,又问:"你奶奶好些?我正要瞧去,就只没得空儿。"我们知道,对赵姨娘来说,王熙凤是最令她恐惧也最令她痛恨的"恶魔"。但她心里越是恨,嘴上却越是甜。

平儿来做什么呢?她是来传王熙凤的话:按照惯例,赵姨娘应得的赏银是二十两,但如果探春想要再添些,那也可以。

王熙凤这样做,表面上是想告诉李纨和探春,惯例应该是什么样的,怕她们不知情办错事。实际上,这也是表明:她虽然在养病,但并没有放弃对荣国府内部事务的管理权,这也是

提醒探春,她只是临时代理。

平儿传王熙凤的话,对于赵姨娘刚刚表达的不满,弄不好就是火上加油。王熙凤不是说了吗,探春如果"再添一些,也使得"。这一点是让探春听着不高兴的。再说,王熙凤那种"遥控"的意图,也让她不高兴。探春也是好强之人,强强相遇,谁肯让步?只听探春一句话就驳了回去:"又好好的添什么,谁又是二十四个月养下来的?不然也是那出兵放马背着主子逃出命来过的人不成?"她的意思是,大家都是怀胎十月养下来的,没什么特别,再不然,难道是有什么特别的功劳吗?就像焦大那样,是把主子从死人堆里救出来的?如果都不是的话,那为什么要添?

然后探春又让平儿传一句话:"你告诉他,我不敢添减,

混出主意。他添他施恩，等他好了出来，爱怎么添了去。"这话的言外之意就是：谁管事谁做主。你想做主，你就出来管事。这会儿我在管事，你别在一旁牵手绊脚的。

平儿刚进这屋子，就看到情形不对。现在看见探春有怒色，就不敢像平常那样嘻嘻哈哈地对待她，只是安安静静地垂下手站在边上，伺候着三小姐。

我们注意下面的一段描写。

书中说"因探春才哭了，便有三四个小丫鬟捧了沐盆、巾帕、靶镜（就是洗脸盆、毛巾、镜子）等物来。此时探春因盘膝坐在矮板榻上，那捧盆的丫鬟走至跟前，便双膝跪下，高捧沐盆（丫鬟伺候她洗脸，是跪在地上，然后把水盆举起来）；那两个小丫鬟，也都在旁屈膝捧着巾帕并靶镜脂粉之饰（另外两个小丫鬟也是跪在旁边，捧着她洗脸要用的东西）"。这就是一个贵小姐的势派。

这时平儿看见探春的大丫鬟侍书不在这里，就忙上去给探春挽起衣袖、卸下手镯，又接过一条大手巾来，把探春面前的衣襟盖上了，这样洗脸的时候水不会掉在衣服上。这时候，探春才伸出手到面盆里去洗脸、洗手。

你想一想，平儿是贾琏的妾，是王熙凤的亲信，从身份来说，平儿没有侍候探春的义务，从个人关系来说，探春平时对平儿也很客气，没有必要也不合适端起主子对奴仆的架子。但此时此刻，探春正需要建立威势，那平儿既然愿意拿自己做垫脚石，探春也就坦然地接受下来，拿平儿垫高了自己。

或者，我们换一句话说，在探春看来，自己的地位本来就是那样高的，只是周围的人没有很好地理解这一点。平儿呢，她是以身作则，用自己的行动，向众人说明了三小姐的威势与尊严。我们知道平儿是王熙凤的亲信与助手，荣国府里有些事情是由平儿来出面处理的。所以平时那些管家婆看到她都敬畏三分。如今她们看到平儿对探春这样低声下气，自然也就摆正了自己的位置。

探春洗完脸，添上妆。刚刚不是哭了吗，现在要补补妆。转回来处理刚刚有人禀报的一件事：家学里支取环爷和兰哥儿一年的费用。"环爷"说的是贾环，"兰哥儿"说的是李纨的儿子，叫贾兰。贾环和贾兰如今都在家学里上学。

探春问这笔银子派什么用处？回事的媳妇说："一年学里吃点心或者买纸笔，每位有八两银子的使用。"探春就说："凡爷们的使用，都是各屋领了月钱的。环哥的是姨娘领二两，宝玉的是老太太屋里袭人领二两，兰哥儿的是大奶奶屋里领。怎么学里每人又多这八两？原来上学去的是为这八两银子！"她说，从今儿起，把这一项给免了。"平儿，回去告诉你奶奶，我的话，把这一条务必免了。"

我们注意探春说话的语气。她做这个决定的时候，宝钗已经回来了，李纨则是一直都在，但她并没有和两个人商量。所谓三驾马车，原本应该是李纨为主，这时候不知不觉转成探春为主了。再有，她让平儿把这件事告知王熙凤，并不是向王熙凤请示，要求王熙凤同意，而只是通知王熙凤，这一项新的决定。探春话里强调的是："我的话，把这一条务必免了。"

我们注意探春这个时候表达出来的一种强势的姿态。这一条王熙凤在管事的时候执行的政策，到了探春执政，毫无商量余地，一句话就取消了。虽然不过是一件小事，却也是对王熙凤权威的实实在在的挑战。

平儿如何回应呢？只见她笑着说："早就该免。旧年奶奶（王熙凤）原说要免的，因年下忙，就忘了。"这就是说：三小姐的决定非常正确，而且你的想法和琏二奶奶的想法是完全一致的。你做的，正是她想做还没有来得及做的。这样，显得王熙凤与探春之间毫无矛盾。这平儿也是一个和稀泥的高手。

对探春强硬的、带有挑战意味的姿态，王熙凤怎么看呢？等平儿回到家，把刚刚发生的事细细说与王熙凤听了。王熙凤笑道："好，好，好，好个三姑娘！"一连声说了四个"好"字。

王熙凤这么夸探春，她是怎么想的呢？

首先她是真的很欣赏探春，觉得她有主见有魄力。王熙凤这个人虽然很贪婪，但她很有眼力，对人有鉴赏和判断的能力。这是她可爱的地方。

还有个更重要的原因。**作为管事人，王熙凤很久以来面对着一种困境，就是荣国府入不敷出**。她说"家里出去的多，进来的少。凡百大小事仍是照着老祖宗手里的规矩，却一年进的产业又不及先时"。整个收入的状况不能跟以前比了，如果不想方设法节省开支，"再几年就都赔尽了"，也就是说，家里的老本用不了几年就都赔光了，这样总有一天，会没办法维持下去。

那怎么办呢？想办法节俭？这也有难处——会引起不满。王熙凤说："我这几年生了多少省俭的法子，一家子大约也没个不背地里恨我的。"你想办法节俭，就会伤了别人的利益，就会遭人恨。她说："我如今也是骑上老虎了。"骑虎难下啊！

这时候，有一个探春愿意出头，对王熙凤来说是好事。她对平儿说：按正理来说，有她这个人帮着，"于太太的事也有些益"。也就是在管理荣国府的内部事务上，会有好处。这是从公的一面来说。

但王熙凤还有私的一面的念头。

这是什么念头呢？王熙凤说："我也太行毒了。"就是自己平时做得太狠了，"也该抽头退步"。"抽头退步"（现在常说"抽身退步"）就是让自己从紧张的势态中脱身出来，这样可以给自己留点余地。王熙凤的意思是：平时自己就得罪了不少人，再要节俭开支，难免侵害一些人的利益，她说"人恨极了，暗地里笑里藏刀……一时不防，倒弄坏了"。我们看王熙凤，有时候好像无所畏惧，但有时也会心生寒意。因为人心叵测，难免有防备不住的地方。以前赵姨娘不就是勾搭了马道婆，暗下里想要害死她吗？

所以从这个角度来说，探春愿意出头料理，对王熙凤来说，最大的好处就是"众人就把往日恨咱们的恨心暂可解了"。打算节俭支出，必然得罪人，既然探春愿意出头，人们就不恨王熙凤，去恨探春去了！这样，王熙凤就有了"抽头退步"的机会。我们注意，从前面说到现在，王熙凤的一个特点就是喜欢弄权。本来她并不喜欢有人和她分享权力，但现在她从探春强势的态度上，看到一个对自己有利的机会。这里我们也可以看出王熙凤是一个善于机变的人。她真的是聪明人。

探春一件件事情处理下来，不断地证明一点：她虽是一个庶出的小姐，但在任何一个方面，都不容轻视，她是高贵的，她是有能力的。接下来，探春还想做什么呢？她要在大观园内，推行一场经济改革运动。这也是《红楼梦》里一段有趣的故事，我们下一讲再说。

—贾探春—

才自精明志自高
生于末世运偏消
清明涕送江边望
千里东风一梦遥

第97讲

兴利除弊

上一讲我们说到平儿回到家里陪王熙凤吃饭，吃完饭，她仍然回到探春等人议事的小厅。因为探春要她吃了饭赶快就来，有件大事要商议。为什么商议事情要平儿在场呢？因为她可以向王熙凤通报情况。毕竟，王熙凤才是荣国府的管理人，探春只是临时代理。在一两件事情上可以挑战一下王熙凤的权威，表明她三小姐可不是个摆设，但完全无视王熙凤，这也是很愚蠢的做法。三小姐是懂得分寸的。

平儿走进厅里，探春命她在脚踏上坐。坐在脚踏上，那就是矮人一头，表明她没有资格和小姐、奶奶们平起平坐。但你要知道，这已经是抬举平儿了。在这种商议事情的正经场合，平儿的身份本来是要站着的。这些细节，我们读《红楼梦》的时候需要注意。

探春提出要商议的事情有两桩。

第一桩，是荣府的小姐们，除了每个月有二两银子的月钱，另外还有二两银子是用来买头油脂粉的，就是化妆品的钱。探春觉得，这跟公子们以上学名义领取的每年八两银子属于同样性质，是一种重复性的不合理支出。她已经决定把公子们的不当支出取消了，那么小姐们的这一份，也应该取消。

在谈论这一项改革时，还说到与此相关联的一些陋习：因为小姐们不便外出，二两银子的头油脂粉钱并不是交给她们自己来使用，而是由外头的买办（采购员）领了去，按月让女仆按房交与小姐们。但他们买来的东西，大多不是正经货，其实是用不得，所以小姐们还得自己花钱托人从外面买进来。这么一件小事，也是在证明：一个大家族萎靡不振久了，虽然表面还好看，揭开来处处是漏洞。

第二桩事情就复杂一些。起因是过年的时候，贾府的人受邀到赖大家去赴宴，探春有心，注意到一些情况。

这里我们先简单说一下赖家。这赖家原本是贾府世代的家奴，到了《红楼梦》故事开始的时候，赖家兄弟俩，赖大和赖二，已经分别成为荣国府与宁国府的总管。他们的母亲赖嬷嬷，在与贾母谈话的时候，可以坐在一张小凳子上，而王熙凤做出的处罚决定，她也可以从中劝阻。要说仆人出身而"有脸"，那么赖家的人是独一份，没人可比。

不仅如此，赖家还相当有钱。在贾母发起让众人凑份子为

兴利除弊

王熙凤过生日的时候，就指着赖嬷嬷说："我知道你们这几个都是财主。"赖家也有成片的楼房和花园。探春问平儿："你看他那小园子比咱们这个如何？"平儿笑着说："还没有咱们这一半大，树木花草也少多了。"但是，你可千万不要轻视这个"小园子"。大观园的面积有三百多亩，所以即使是它的三分之一，那也十分可观，普通官宦人家都不可能有。从这些细节我们可以看到，贵族豪门的奴仆，如果能够充分利用主人家的条件，也有可能使自己发展成为富豪。这就像大树上的寄生藤，大树逐渐枯朽了，寄生藤却是生机勃勃。

探春在赖家看到了什么呢？她说："我因和他家女儿说闲话儿，谁知那么个园子，除他们带的花、吃的笋菜鱼虾之外，一年还有人包了去，年终足有二百两银子剩。"说完这些，探春感慨地总结了自己对生活的认识："从那日我才知道，一个破荷叶，一根枯草根子，都是值钱的。"

小户人家在努力往上攀升的时候，克勤克俭，一点都不肯浪费，所以他们懂得"一个破荷叶，一根枯草根子，都是值钱的"。而世袭的贵族豪门，既不曾经历创业的艰难，也不懂得人世的辛苦，奢侈成性，逐渐腐败糜烂。终于有一天，他们会发现，里面一步一步掏空了，外面的虚架子很快也要倒下来。这时候，家族里面危机感强烈的人，就会想方设法去挽救这种颓势。前面我们说过秦可卿托梦给王熙凤，就表达了这样的意思。探春的所作所为，也是同样的道理。她现在要从赖家

兴利除弊

花园，学到节省开支的办法。简单地说，就是大户人家撑不住了，要向他们的奴仆去学习生存经验。

探春提出了她对大观园管理的改革方案：赖家花园一年有二百两银子的收益，就算大观园只比它大一倍，那至少也应该有四百两。当然，贾府是讲体面的人家，像赖家那样直接拿园子去生发银子（把园子承包给个人去收费），那就显得小气，"不是咱们这样人家的事"。但可以换一个方案来做，就是在园子里的老妈妈中，"拣出几个本分老诚能知园圃事的"，就是品行好又有专业技能的，让她们负责收拾料理，基本收益也归她们。这样有两个主要的好处：一是园子有人专门负责，"花木自又一年好似一年的"，第二个好处就是可以省了那些花儿匠山子匠打扫人的工费。所谓花儿匠就是管花木的，山子匠就是管假山什么的，打扫人就是清洁工人，这些人工费的支出也可以省了。拿这些余钱利润来弥补一些亏空，也未尝不可。

探春的想法用现代话语来说，就是一种"承包责任制"。李纨、宝钗都表示赞同，派平儿去征询王熙凤的意见，也是说好。新的政策方针就这样定下来了。

宝钗的思路周密，她就帮着探春把承包方案设计得更加完善。

一是人事的安排要力求妥当。园子里有竹林、农田、花圃等不同的管理项目，承包人除了为人可靠这一条是统一的要求，还需要有不同的经验和技术专长，不是谁的态度积极就派给谁。有利可图的地方，态度积极的人有可能是很不可靠的。

二是承包人的收益怎么分配。他自己应该得多少，应该上交多少，那个不容易算清楚。所以只需要让每个承包人额外承担一份有限的公共开支，诸如各处笤帚啊、掸子啊，大小禽鸟、鹿、兔吃的粮食啊，等等，这些都是他们包了去，不用再到账房去领钱。

平儿给宝钗一算："这几宗虽小，一年通共算了，也省的下四百两银子。"宝钗笑道："一年四百，二年八百两，取租的房子也能看得了几间（用来出租的房子也能够买上几间），薄地也可添几亩。"积少成多，多多少少也是增厚了贾府的财政根基。这个是宝钗想得更远了。

还有一条建议尤其能够体现宝钗的个性。她说，那些获得承包权的妈妈有了额外的收入，可是其他人呢？她们虽然不料理这些，却也是在园中照看当差，关门闭户，起早睡晚，一年在园里辛苦到头。"这园内既有出息（有利益产生），也是分内该沾带些的"，就是她们虽然不承包项目，但是她们也是院子里的人，所以园子里的好处她们应该也能得一些。再说呢，你不分与她们一些，她们虽不敢明怨，心里却都不服，暗下里给你使点坏，恐怕损失更大。所以，承包人应该拿出若干贯钱来，大家凑齐了，单单散发给园中其他的妈妈们（那些没有承包项目的仆人）。如此呢才是大家欢喜。读到这里，你会不会想：**这宝姑娘思虑周密，她不仅仅是智力上的优势，她对人的**

兴利除弊

心理，实在是懂得多。

这样的方案公布出来，众婆子个个欢喜异常。得到承包权的人看到权利和义务界线清楚（有什么好处和该做什么，清清楚楚），不用受他人的"揉搓"，就是挑剔啊、故意为难啊等等，所以她们当然是很满意的；没有获得承包权的人，每年额外分得一笔钱，也是意外之喜。大家说几句不好意思的话，也就坦然接受了。

探春加上宝钗设计和实施的管理改革，似乎是获得了成功。但是你要知道：贾府的颓败，是一个整体性的趋势，它的财政危机，绝不是通过这些小姐在园子里面做些小修小补就能够挽救的。《红楼梦》写这些故事，真正的意义是为了写出在贾府颓败的过程中，各种人物的不同反应。尤其是探春姑娘，她的才智，她的骄傲，以及她的徒劳。

好吧，我们要转一个话题了：我们好久不说宝玉和黛玉的爱情故事了，他们现在快要走到哪一步了呢？且听下回分解。

情深易痴

上一讲我们说到探春代管荣国府的故事，这一讲我们要转到宝玉和黛玉的爱情。他们之间，发生了什么样的变化呢？待我们慢慢说来。

一天宝玉去看黛玉，正好黛玉才歇午觉，宝玉不敢惊动她，就在回廊上和紫鹃搭话。他看见紫鹃穿着一件薄棉袄，就伸手往她身上摸了摸，说："穿这样单薄，你再病了，越发难了。"他的意思是：你要是生了病，谁去照顾黛玉呢？

因为宝玉自小和黛玉亲，和紫鹃也就跟着亲，他这样做，没觉得有什么不妥。没想到紫鹃说了一通很严厉的话："从此咱们只可说话，别动手动脚的。一年大二年小的，叫人看着不尊重。"这个"不尊重"是轻浮随便的意思。

更重要的话在后面："那起混帐行子们背地里说你，你总不留心,还只管和小时一般行为,如何使得!"

你要注意这句话包含了重要的信息。由于年岁渐渐大了,宝玉和黛玉那种十分亲密的关系,已经开始引起非议。所谓"混帐行子",这里面可能会有赵姨娘、贾环一类人吧,他们这类人都会带着恶意来散播谣言。这到底意味着什么呢?就是宝玉和黛玉之间越来越明确的爱情,渐渐以公开的方式呈现在众人面前,它对社会和家族的法则构成了挑战。

而对宝玉最严重的打击,是紫鹃告诉他:"姑娘常常吩咐我们,不叫和你说笑。你近来瞧他远着你还恐远不及呢。"就是躲也还怕躲不及呢。这也许带着一些夸张,但至少它表明了黛玉已经感到了威胁,她希望小心谨慎,自我保护。

宝玉惊呆了。书中说他"一时魂魄失守,心无所知,随便坐在一块山石上出神,不觉滴下泪来。直呆了五六顿饭工夫"。他对黛玉,已经是情到深处,无法接受她以任何理由表现出的疏远。

过了很久,紫鹃才知道宝玉一直在那块石头上呆坐着,又走过来劝解他。这时候,紫鹃开始做一个有意识的试探。试探什么呢?她想知道,宝玉对现在的局面到底有什么念头?他的真心是什么?

于是她跟宝玉好像是无意间透出一句话来,说黛玉"明年家去"(就是明年回家去),宝玉听了,吃了一惊,忙问:"谁?往那个家去?"他从来就没想到黛玉还有另外个家,这完全是不可想象的。所以他问:你这是说谁呢?回到哪个家去?

紫鹃说:"你妹妹回苏州家去。"她说得很平淡。

宝玉笑起来:姑父姑妈都没了,黛玉没人照看,才依靠外婆家。她明年回去找谁?

紫鹃跟他说的是另一番道理。黛玉虽然父母双亡,可是林氏的宗族还在。她是林家的人,将来要嫁人,那是林家的事,"终不成林家的女儿在你贾家一世不成?林家虽贫到没饭吃,也是世代书宦人家,断不肯将他家的人丢在亲戚家,落人的耻笑"。按照传统礼法,紫鹃的解释完全是合理的。

说谎需要有真实的细节。紫鹃还真能编故事,她往下说,就说得更具体了:"前日夜里姑娘和我说了,叫我告诉你:将从前小时顽的东西,有他送你的,叫你都打点出来还他。他也将你送他的打叠了在那里呢(整理好了放在那边呢)。"

宝玉听了,就像头顶上响了一个焦雷一般,蒙了,不会说话了。紫鹃等他回答,他就是不作声。这时候晴雯来找他,紫鹃也没当什么事,就把他交给晴雯,"你倒拉他去罢"。说着,自己就走回房子里去了。

晴雯见宝玉呆呆的,忙拉他的手,一直到怡红院中。回来以后,情况更糟了:宝玉两个眼珠儿直直的起来(眼珠不会转动了),口角边口水流出来了,而且他自己都感觉不到。给他一个枕头,他就睡下来;扶他起床,他便坐起来;你给他倒杯

茶,他就喝茶。他就成了一个木偶了。在现代医学上,这叫心理应激反应。由于突发刺激,造成自我意识模糊。

众人赶紧去叫李嬷嬷,因为她年岁大,经得多。李嬷嬷来了,用手摸了摸宝玉的脉搏,又向他人中穴用力掐了两下,掐出深深的指甲印,宝玉竟然也不觉得疼。李嬷嬷"呀"的一声便搂着宝玉放声大哭起来,连哭带喊:"这可不中用了!"

这是宝玉的情况。消息传回到黛玉那里,黛玉又是怎样呢?

袭人到了潇湘馆追问紫鹃到底跟宝玉说了些什么,黛玉看见她满脸又急又怒的神色,连忙问怎么了。袭人哭着说:"不

知紫鹃姑奶奶说了些什么话，那个呆子眼也直了，手脚也冷了，话也不说了，李妈妈掐着也不疼了，已死了大半个了！只怕这会子都死了！"这几句话一口气说下来，完全不是袭人平常的神态，她气急败坏了！

黛玉一听袭人这么说，"哇"的一声，把肚子里吃下去的药统统呛了出来，大声地咳了好久。书中形容黛玉的样子，用了八个字，乃是"抖肠搜肺，炽胃扇肝"，就是五脏六腑，全都痉挛起来。咳得满脸通红，头发凌乱，眼睛肿了，青筋都暴出来，又气又急，喘得抬不起头来。这种情形跟宝玉的痴呆，正好是绝配。他们各自把两个人生死相依的真情，完全显露在世人面前了。

紫鹃说她只是跟宝玉开了一个玩笑，没想到会这样啊。黛玉让她赶紧去怡红院。这时贾母、王夫人等人都已经在那里了。宝玉见了紫鹃，才"嗳呀"了一声哭出来了。众人一见，才都放下心来。细问起来呢，方才知道是因为紫鹃说了黛玉"回苏州家去"这么一句玩笑的话引出来的。

我们注意几个长辈的反应。贾母流着眼泪说："我当有什么要紧大事，原来是这句顽话。"然后她又指责紫鹃："你又知道他有个呆根子，平白的哄他作什么？"

事情闹到这个田地，贾母完全不知道真情吗？她只是不愿意往那个忌讳的方向去说而已。男孩女孩，自相亲爱，那叫作"鬼不成鬼"，无论如何还是不要说穿。

情深易痴

薛姨妈完全理解贾母,就劝说道,这个宝玉本来是个实心的傻孩子,他跟黛玉两个从小一处长大,突然说一个要去了,自然要伤心。这并不是什么大病,要说感情,那就是兄妹之情,也没什么要紧的。

你注意到王夫人在一旁的反应吗?她一句话也没说。袭人早已给她发过警报,她比谁都明白。她不说,但是她会想很多。我们要注意《红楼梦》常用这种手法:以不写为写。它那个不写的地方所包含的内容,你要仔细地去理解和感受。

正在说着呢,有人回管家林之孝家的等一群人来看宝玉。贾母说让他们进来,宝玉就满床踢呀、滚呀闹起来,说:"了不得了,林家的人来接他们来了,快打出去罢!"贾母听了,也忙说:"打出去罢。"又连忙安慰说:"那不是林家的人。林家的人都死绝了,没人来接他的,你只放心罢。"宝玉又哭着说:"凭他是谁,除了林妹妹,都不许姓林的!"贾母就说:"没姓林的来,凡姓林的我都打走了。"

一会儿宝玉又看见了屋子里的十锦格子上陈列的一只金西洋自行船(黄金打制的从西洋来的机械船模型),就指着那个船乱叫说:"那不是接他们来的船来了,湾(停泊)在那里呢。"贾母连忙命袭人把它拿下来,宝玉伸手把它要过来,塞在被子里,笑着说:"可去不成了!"一面说,一面死拉着紫鹃不放。

宝玉的病一下子也不能全好,紫鹃只能留下来照顾他。没人的时候，紫鹃就跟他解释说，黛玉确实不可能回苏州林家去了。宝玉就问她："你为什么唬我？"紫鹃继续解释：这原是她心里着急，所以故意来试试宝玉。试什么呢？试探宝玉是不是下决心要跟黛玉在一起。

宝玉说，自己只告诉归根结底的一句话："活着，咱们一处活着；不活着，咱们一处化灰化烟。如何？"这就是生死不渝，没有任何力量能够改变。

书中这样写：紫鹃听了，心下暗暗筹划。她暗中盘算起来。她一个丫鬟，筹划什么呢？这里面有一个根本的关系：年轻人自由恋爱当然不可以，但是，他们的心愿如果能够通过长辈的意志来实视，就变成了合情合理的事情。如果能够让老太太做主，成全了这一对有情人，那不就是万事大吉了吗？

紫鹃的筹划如何去实施，我们暂且放一放。倒是有另一对年轻人，在长辈的意志下，很快结成了婚姻。他们的故事，另有一番情趣，我们下一讲再说。

岫烟当衣

上一讲我们说到紫鹃试探了宝玉之后,想要为他和黛玉的婚姻筹划筹划。但《红楼梦》的故事在这里又生出一条支线来,写了另一对人物,就是邢岫烟和薛蝌的婚姻。这跟宝黛二人的爱情和婚事隐隐约约有一种对照的意义。

我们先来说一说邢岫烟。她在第四十九回才出场。她虽然不是《红楼梦》故事里重要的角色,但在大观园里,她的身份和个性都比较特别,她的形象也与众不同。

邢岫烟的父亲邢忠是邢夫人的哥哥。她的家境相当贫寒,家里没有自己的房产,是租了一处房屋居住的。父母带她来到京城,就是为了投靠邢夫人,想让邢夫人为他们置办房子,资助银钱。

邢岫烟的父亲不但穷,而且品行差。宝钗说他是一个"酒糟透"之人，意思是这人烂糟糟的，提都提不起来，而且这人"于女儿分中平常"，就是把父女情看得很轻淡。既然邢夫人能够嫁到贾府来，这个家族原来至少有一定的社会地位，但是到了邢岫烟的父亲这一代，可以算是彻底败落了。

邢岫烟到了贾府以后，贾母和邢夫人说，让她侄女儿在园子里住上几天，这样她就留下来了。这事贾母交给王熙凤安排，王熙凤就让她住在迎春的院子里。为什么呢？因为二小姐迎春，是贾赦的一个妾所生，她的生母已经去世了，名义上邢夫人就是迎春的嫡母。如果邢岫烟住在迎春那里发生什么问题，在邢夫人那里，一个是她女儿，一个是她侄女，这事就跟王熙凤没什么关系了，王熙凤是很善于让自己摆脱麻烦的。

邢岫烟住进大观园之后，有两个故事情节，特别能够体现她的处境。

一个是第四十九回，她来到贾府不久，大奶奶李纨邀请众人到自己所住的稻香村去，商议办诗会的事情。这是一个大雪天，小说里特意描写了各人所穿的大衣，都是华丽的绸缎配上珍贵的皮毛。我们就说黛玉吧，她脚上穿的是红色羊皮镶金丝花纹的长筒靴子，罩了一件外套，面子是大红羽纱的，里子是白狐狸皮的，非常漂亮，其他人也各有各的样式，我们不多说了。一群女孩，五颜六色、金碧辉煌，走在雪地里，真是耀人眼目。只有邢岫烟穿着"家常旧衣"，并没有冬天雪地里专门穿的外套。小说里常用一种手法，所谓"群星拱月""绿叶红花",这是一种衬托的手法,在这里却是一种强烈的反衬。这样的处境,对人的心理是很大的考验。

另一个故事发生在第五十七回,这时邢岫烟已经和薛蝌订了婚。有一天,宝钗与岫烟在半路相遇,宝钗含笑叫住她,走到一块石壁后面,悄悄地问道:"这天还冷的很,你怎么倒全换了夹的?"岫烟听她这么问,低头不回答。到底怎么回事呢?原来是邢岫烟手头紧,天气还没暖过来,她已经把冬衣送进当铺救急了。这个当铺的名字叫作"恒舒典",就是薛家开的。宝钗知道了以后笑着说:"这闹在一家去了。伙计们倘或知道了,好说'人没过来,衣裳先过来'了。"

邢岫烟住在大观园,王熙凤也按照贾府小姐的标准发给她每月二两银子的月例钱。宝钗还以为是王熙凤没有及时发月银,导致岫烟把冬衣给当了,邢岫烟说不是这个缘故,是因为她姑妈也就是邢夫人认为她一个月用不了二两银子,叫她省一两给爹妈送出去。反正和迎春一起住,要用什么东西,搭着顺便就使了。

邢夫人总是有一些卑劣的念头。让邢岫烟每个月省一两银子给爹妈,其实就是省了她自己的开销,但这对邢岫烟来说,却是很大的麻烦。迎春虽然是个老实人,也不大留心,但她那些妈妈丫头"那一个是省事的,那一个是嘴里不尖的"?邢岫烟用了迎春的东西,必然让她们说嘴,这是很难堪的事情。邢岫烟说,"我虽在那屋里,却不敢很使他们(不敢经常使唤她

岫烟当衣

们去做事),过三天五天,我倒得拿出钱来给他们打酒买点心吃才好"。她不得不典当冬衣,就是这个缘故。

从贾府的亲缘关系来说,邢岫烟是大太太邢夫人的侄女,宝钗是二太太王夫人的侄女,她们的身份完全一样。但宝钗在贾府非常受重视,老太太亲自给她过生日,王夫人请她参与管理荣国府,而邢岫烟呢,却没有谁把她放在眼里,她甚至还要讨好迎春房里的老妈子和丫鬟们,因为一个小姐,总有些事自己不能做,必须让仆人去做。这种差别,归根结底的原因,是她们各自的家庭背景大不相同。所谓"世态炎凉",通过这两个人的对照,写得清清楚楚。

不过,邢岫烟这人,却有令人尊敬的地方。她虽然穷,却并不自卑,也不显出一派愤世嫉俗的样子,她稳重平淡,与世无争,所以宝玉恭维她"超然如野鹤闲云"。为什么这么超然呢?这大概也是看世态炎凉看多了,觉得世人的势利,原本很自然。

那么,邢岫烟和薛蝌的婚姻是怎么一回事呢?说起来却是很简单很平淡。

薛蝌这个人物我们在前面已经简单说起过。他是薛蟠和薛宝钗的堂弟,也是皇商家庭,父亲去世了,母亲生病睡在床上。所以婶娘薛姨妈就成为他和薛宝琴的家长。宝玉说他倒像是宝钗的亲弟弟,意思是说他性格文雅而温厚。

这一天是薛姨妈的生日,生日嘛,自然有庆生的宴会。薛姨妈看见邢岫烟，觉得她长得"端雅稳重（端庄、文雅又稳重），且家道贫寒"，就想把她说给薛蟠做妻子。为什么家道贫寒成为一个优势呢？这是看重穷人家的女儿，如果懂事，品质就很可贵。但是呢，想到"薛蟠素习行止浮奢，又恐糟塌人家的女儿"，这话的意思是担心薛蟠轻浮惯了、骄奢惯了、霸蛮惯了，不能够尊重邢岫烟这样一个贫寒家庭的女孩，两人估计在一起相处不好。这么犹豫着，忽想起薛蝌未娶，看他二人恰是一对天生地设的夫妻。

薛姨妈就去找王熙凤商量。王熙凤觉得邢夫人的事情可不好弄，她是"有些左性的"（性格乖僻），于是她就去请贾母出面，说是"薛姑妈有件事求老祖宗"。王熙凤叫薛姨妈是叫姑妈的，因为她是王熙凤父亲的妹妹。贾母弄清楚是怎么一回事后，笑着说："这是极好的事。等我和你婆婆说了，怕他不依？"于是回房来，立刻就命人去请邢夫人过来，硬当保山（保山就是媒人）。

邢夫人想了一想，薛家根基不错，且现今大富，薛蝌生得又好，况且贾母硬要当保山，将计就计就应了。贾母十分喜欢，忙命人请了薛姨妈过来。两个人见了，自然有许多客气话，这个我们不多说。邢夫人即刻命人去告诉邢忠夫妇俩，就是邢岫烟的爹妈。他们夫妇到京城来就是投靠邢夫人的，怎么能不答应呢，满口地说妙极了、妙极了。贾母笑道："我最爱管个闲事，今儿又管成了一件事，不知得多少谢媒钱？"媒人做媒成功了，也得有点奖励吧？这话显得老太太对这件事很满意，也很得意。

我这么一路说下来，你会不会觉得有些纳闷？这件事怎么从头到尾都是别人在那里商量决定，怎么跟薛蝌、邢岫烟两个人没有关系似的？

关系不大，但还是有一点。小说中有一句话写到两个人对这件婚事的态度："*蝌岫二人前次途中皆曾有一面之遇，大约二人心中也皆如意。*"这话是说他们从前在去京城的路途中见过一面的，彼此的印象都还不错，所以他们对这桩婚事大概也是满意的吧。你注意小说中用了"大约"两个字，他们自己也不确定，只是觉得还行吧。

这桩婚姻结成以后，我们去想一想，应该会比较平稳吧？邢岫烟和薛蝌都是温和而稳重的人，他们应该能够在平静的气氛中维护一个家庭的和谐。日子久了彼此亲爱，也不是没有可能。*但无论怎么说，这是婚姻，跟爱情无关。这是家长的决定，跟个人意志无关。*如果婚姻是好的，很大程度上也是靠运气。

我在本讲的开头说过：邢岫烟和薛蝌的婚姻，跟宝黛二人的爱情和婚事隐隐约约有一种对照的意义。现在，不知道你明白了没有？

宝玉和黛玉，从亲近到相爱，到生死相依、不可分离，经历了复杂的过程。它的合理的结局当然是婚姻。但是，想要凭借自己的意志来决定婚姻，是一桩艰难的事情。

宝玉在听说黛玉将要离开贾府的时候，突然变得痴痴傻傻、疯疯癫癫，这既是一种疾病状态，但同时也是借着这种痴傻疯癫向周围的人宣告：离开黛玉，他不能活下去。这就给他们自己，也给家长们出了一道难题。

这样我们就再回到紫鹃的"筹划"。她一个小丫鬟，能够筹划出什么名堂吗？我们下一讲再说。

薛姨妈说亲

上一讲我们说到邢岫烟与薛蝌的婚事，由几位家长商议决定，没有什么感情因素，过程非常简单。与此相反，宝玉和黛玉那种生死不渝的爱情，要想走向婚姻，却是艰难重重。

我们回头说宝玉，他的病渐渐好了，紫鹃又回到黛玉的身边。晚上，两个人睡下来，紫鹃悄悄地向黛玉笑着说："宝玉的心倒实，听见咱们去就那样起来。"她是在挑起一个话题，可是黛玉不回答。

不回答怎么办呢？紫鹃停了半晌，自言自语地说："一动不如一静。我们这里就算好人家，别的都容易，最难得的是从小儿一处长大，脾气情性都彼此知道的了。"这是在感慨呢，你们俩，多好的一对啊！

这个说到深处了，不回答也不行了。黛玉就啐了她一口，说道："你这几天还不乏（还不累啊），趁这会子不歇一歇，还嚼什么蛆。"你胡说八道这些干吗！

紫鹃这就可以把话说下去了，她并不是白嚼蛆，说着好玩，"我倒是一片真心为姑娘，替你愁了这几年了"。

紫鹃接着给黛玉做了一大段劝说和分析。我们归纳一下，有三大要点、一个结论。第一，说宝玉难得。所谓"万两黄金容易得，知心一个也难求"，宝玉这么实心实意对你，可不能错过。公子王孙虽多，靠得住的很少。第二，你没个父母兄弟，只有老太太是靠得住的，若没了老太太，也只是凭人去欺负了。第三，俗语说"老健春寒秋后热"（老人的健康、春天的寒凉、秋后的暖），三者都不得长久。老太太突然有个好歹怎么办？**得出的结论就是：趁老太太还明白硬朗的时候，定了大事要紧。**

紫鹃的话里，隐藏着一些信息和伏笔。你注意，王夫人是宝玉的母亲、黛玉的舅妈，他们的婚事与王夫人的态度关系极为密切，但紫鹃说只有老太太一个人是靠得住的，这就意味着在宝黛婚姻这件事上，不可能指望王夫人。再有，紫鹃说若没了老太太，黛玉就会被人欺负，这也暗示了后面情节的发展与变化。

紫鹃跟黛玉名义上是主仆，但情同姐妹。她说这些话，真是掏心掏肺了。黛玉呢，嘴上骂了她几句，心里却感触很深。等待紫鹃睡了，她悄悄哭了一夜。

过了些日子，宝钗来到了潇湘馆，正巧她母亲也来瞧黛玉，说着闲话呢，黛玉忙招呼宝钗也坐下来。

薛姨妈说亲

这时黛玉和宝钗已经成了亲密的姐妹。黛玉原本担心宝钗会妨碍她和宝玉的感情，但宝玉的态度，使得这种担心变得毫无必要。她原本对宝钗那种老练圆通的为人有疑虑，但她自己粗心地在大庭广众引用《西厢记》《牡丹亭》，宝钗为这件事情向她提出劝诫，宝钗那种为人着想的诚恳，也使得她的疑虑被打消了。跟宝钗亲近以后，黛玉跟薛姨妈的感情也自然而然地变得亲近了。

那时候邢岫烟与薛蝌的婚事刚定下来，黛玉就跟宝钗闲扯这门亲事，她说"天下的事真是人想不到的"。这意思是说邢岫烟跟薛蝌原来隔了那么远，现在竟成了一对。

薛姨妈接过话题，她说："自古道，千里姻缘一线牵。"人

间的姻缘，有一位月下老人管着。他暗下里用一根红线把两个人的脚给绊住，不管你两家隔着海、隔着国，哪怕是有世仇的，也终究有机会做了夫妇。如果月下老人不用红线拴的，哪怕父母、本人都愿意，或是年年在一处，以为是定了的亲事，也还是不能到一处去。

月下老人的故事我们都知道，这是中国古老的民间传说。这个故事表明，在人们心目中，婚姻常常有不可解释的偶然性。而薛姨妈所说的这些话，有的人"年年在一处"，就非常切合黛玉和宝玉的情况。那么薛姨妈说这句话的时候，是不是有一种特别的用意呢？也难说。好像是不自觉地、从潜意识里带出了这句话。但整个说来，有一层意思还是明显的，就是告诫年轻人对婚姻不要太固执。

三人一起说着话，宝钗为了一件事跟母亲撒起娇来，趴在母亲怀里笑说："咱们走罢。"黛玉看她这个样子，开始还笑话她，可是说着说着触景伤情了，流着眼泪叹道："他偏在这里这样，分明是气我没娘的人，故意来刺我的眼。"

薛姨妈性情很慈和，这时一面抚摸着黛玉，一面笑道："好孩子别哭。你见我疼你姐姐你伤心了，你不知我心里更疼你呢。你姐姐虽没了父亲，到底有我，有亲哥哥，这就比你强了。"这是对黛玉深表同情的话。

接下去薛姨妈又解释说，她虽然心里很疼黛玉，只是不好表露在外面。为什么呢？贾府里人多口杂，说歹话的人多，她

薛姨妈说亲

对黛玉好了，别人还说她是为了顺着老太太，讨好老太太呢。这些话说得很有技巧。你还记得我们前面说的一对宫花的故事吗？以前黛玉和薛家母女不亲近，现在薛姨妈拿这个话弥补裂缝，好像双方一直都很亲近的，只是表面上不太显露而已。

黛玉的反应有点出人意料。她笑着说："姨妈既这么说，我明日就认姨妈做娘，姨妈若是弃嫌不认，便是假意疼我了。"黛玉是很骄傲的女孩，虽说如今她和薛姨妈亲近了，但主动要认她做娘，那还是有点突兀的，是不是？

你是不是会想到紫鹃跟她说的话：除了老太太，没有人能帮她？想到自己和宝玉的事情，黛玉内心里有一种无助的感觉。这时候，她的骄傲就会向软弱转换。有意无意之间，她在内心里希望得到薛姨妈的帮助。

话题继续往下转。薛姨妈说到老太太曾经想让宝玉娶宝琴，因为宝琴已经许给了梅翰林家，这桩婚事就没有配成。而后她把话头转到了黛玉这里。她对宝钗说："我想着，你宝兄弟老太太那样疼他，他又生的那样（他又生得那样好），若要外头说去，老太太断不中意（要是从外面娶一个，肯定不如意）。不如竟把你林妹妹定与他，岂不四角俱全？""四角俱全"，就是完美无缺的意思。把黛玉配给宝玉，完美无缺了，这话一下子就冲到黛玉的心底里。

薛姨妈说这话，背后有很多因素需要解析。首先，王夫人、薛姨妈这一对姐妹的心愿本来是"金玉配"，并且，那一年贾元春端午节赐礼，也对此做了明确的暗示。那么，当她说把黛玉定给宝玉才是"四角俱全"的时候，就表明她已经认识到原来的念头是不可能实现的。这个认识从何而来呢？就是宝玉的疯癫：宝玉的疯癫是用一种极端的方式向世人宣告，他必将与黛玉生死相依。在这样的情况下，一向骄傲又尖刻的黛玉以一种孤女无助的软弱形象出现在她的面前，要认她做娘，实际上也是向她求助。薛姨妈真的心动了。是的，为什么不能成全这一对年轻人呢？

紫鹃对这事比谁都着急，听到薛姨妈的话，她感到机会来了，也顾不得合适还是不合适，连忙跑进来笑着说："姨太太既有这主意，为什么不和太太说去？"她害怕夜长梦多，恨不能立刻把两个人的婚事定了，让他们不再哀伤。这把薛姨妈给逗乐了，哈哈笑道："你这孩子，急什么，想必催着你姑娘出了阁，你也要早些寻一个小女婿去了。"紫鹃听了，红着脸抱怨了一句转身而去，屋子里的人都笑起来。

紫鹃虽然走了，但这个话题却没有停下来。屋子里几个婆子也鼓励薛姨妈，"到闲了时和老太太一商议，姨太太竟做媒保成这门亲事是千妥万妥的"。可见在许多仆人眼里，特别是黛玉身边的仆人眼里，宝黛结成婚姻是唯一合理的结果。薛姨妈也说："我一出这主意，老太太必喜欢的。"

黛玉和薛姨妈对话的一段情节，看起来只是一次闲聊，其实是宝黛爱情故事的一次重大变化。它表明这一对年轻人正在以有力的抗争来争取自己的幸福。

但是，他们的路仍然很长。薛姨妈这段话说出去以后，完全没有下文。她并没有像紫鹃所希望的那样，把这个意思去跟老太太说。那么，她只是随便说了一句有口无心的话，说完就忘了吗？前后联系起来看，不应该是如此。因而，我们又不能不考虑那个在这件事上没有说过一句话的王夫人。她的沉默背后有一种固执的力量，薛姨妈的念头投进这个沉默之中，便销声匿迹，连回响也没有。

宝黛的爱情还将经历许多曲折。我们暂且将它放下，看看大观园里，正演绎着的另一桩奇特的感情故事。

假戏真做

上一讲我们说到宝玉的病渐渐好起来了。清明节这一天，天气很好，宝玉拄了一支拐杖，趿拉着鞋，走到了院子外面。河堤上只见柳垂金线，桃吐丹霞，在山石的背后，有一株大杏树，花已经全部落尽了，叶子一片翠绿，还结了许多小小的杏子。宝玉就想："能病了几天，竟把杏花辜负了！"就是说没有来得及观赏杏花，杏花就已经落尽了。正在那里悲叹的时候，忽然有一个雀儿飞过来，落在枝上乱啼。宝玉又发了呆性，他心里想："这雀儿必定是在杏花正开的时候曾经来过，如今它看到没有花只有子和叶，所以也在那里乱啼。这个声韵必定是啼哭之声。"

正在宝玉胡思乱想的时候，忽然看见一股火光从山石的那一边发出来，把雀儿都给惊飞了。宝玉大吃一惊，又听见那边有人在喊道："藕官，你要死，怎弄些纸钱进来烧？我回去回奶奶们去，仔细你的肉（仔细打死你的意思）！"

这藕官是谁呢？你还记得吗？为着元妃省亲，贾府买了十二个女孩，组成一个戏班子，她们的名字都带一个"官"字。前面我们讲过龄官的故事。藕官也是其中之一，她是演小生的，就是演年轻的男性，像《西厢记》里的张生、《牡丹亭》里面的柳梦梅这一类人物。

贾府的小戏班子在不久前解散了。为什么呢？因为皇宫里死了一个老太妃，就是太上皇的妃子，这也算是国丧，凡有官爵的人家，一年之内不得进行歌舞娱乐。大多数人家不愿一年白白养着戏班子，贾府也是一样。十二个女孩是他们买来的，尤氏和王夫人商量决定，有愿意回去的，把父母叫来领她们回去；不愿意回去的，就留下，分到各房充当丫鬟。结果只有四五个女孩愿意回去。其余的分下来，演正旦的芳官分给了宝玉，演小旦的蕊官分给了宝钗，演小生的藕官分给了黛玉。其他的我们就不一一介绍了。

演戏的女孩们原本住在梨香院，有几个婆子照顾她们的生活。所谓"婆子"，字面意思是指那些成了家的中老年女仆，但这个概念在《红楼梦》里有特殊含义，我们到后面再仔细说。那些女孩岁数不大，演戏惯了，性格也活泼，有的性气高傲，有的口齿伶俐，大多不是安分守己的人，平时对众婆子多有得罪之处。戏班子散了，那些婆子当中有的人心地狭窄，不

骆玉明给孩子讲 红楼梦

假戏真做

忘旧怨，总是想找机会报复一下。藕官这会儿就遇上了一个，而且还是她名义上的干娘。在大观园里烧纸钱，是严重违规的事情，那个婆子抓到她就很得意。

宝玉听了，忙转过山石来看，只见藕官满面泪痕，蹲在那里，守着烧过纸钱剩下的灰，悲悲切切的样子。宝玉就问她，这是给谁烧纸钱呢？可是藕官见了宝玉，一句话也不说。

这时那婆子恶狠狠地过来拉藕官，要带她去见管事的奶奶。藕官终是孩子气，怕丢了脸，就不肯去。两个人在那里拉拉扯扯。

婆子就说："我说你们别太兴头过余了，如今还比你们在外头随心乱闹呢。"这话的语气非常生动。"兴头过余"，就是开心过了头、得意忘形的意思。你注意她对藕官说的话，用的是复数代词"你们"，这表明什么呢？表明她的怨恨是指向一群人的。这怨恨从何而来呢？是以前在"外头"，就是大观园外面的梨香院，藕官她们"随心胡闹"，让婆子们受了气。

婆子继续说道："这是尺寸地方儿。"意思是这是个规矩严格的地方。她还指着宝玉说："连我们的爷还守规矩呢，你是什么阿物儿（你是什么东西），跑来胡闹。"那婆子是梨香院戏班子散了以后分到大观园干杂活的，顶多是个三等奴仆。但此刻她抓住了藕官的把柄，极其得意。小人得意，容易忘形，她顿时觉得自己就是贾府里面规矩的代表。既然她代表规矩，那么连宝玉也要受她的管辖了。

讲《红楼梦》到现在，我们已经相当熟悉它的一个艺术特征：特别善于用人物的对话来体现人物的性格。尽管我们早已知道这个特点，作者仍然不断地让我们感到钦佩和震惊。那个婆子说的一段话，足以让一个画家根据这些，画出一个活灵活现的人物肖像。

婆子所有的快感集中于最后一句话："怕也不中用，跟我快走罢！"这时候她好像掌控了整个世界。

宝玉最爱的是"女儿（女孩子）"，最讨厌的是"婆子"。这时候他就上来为藕官解围。可是这婆子实在是执拗，宝玉最后不得不编了一套谎话：纸钱是他让藕官烧的，为了祭杏花神。祭杏花神干吗呢？保佑他的病好得快。这事儿本来不可以让任何人知道，因为祭神有很多奇奇怪怪的规矩，结果硬给婆子冲坏了。他威胁说："等老太太回来，我就说他故意来冲神祇（地神的意思），保佑我早死。"说那婆子想要害死宝玉，这还得了？那婆子吓得连连讨饶，才算罢了。

宝玉救下藕官，自然要问她到底给谁烧纸。藕官心里太难受了，只是哭着说："我也不便和你面说，你只回去背人悄问芳官就知道了。"这芳官就是分配到宝玉房里的唱戏的女孩。

究竟是怎么一回事呢？芳官告诉宝玉，藕官祭的是已经死了的菂官。

宝玉以为这就是好朋友之间的感情，芳官却告诉他并不是。

假戏真做

在戏班子里,藕官演小生,演年轻的男性,菂官演小旦,演年轻的女性。在戏文里,她们演的角色常常是一种什么关系呢?是互相爱慕的情人,是互相体贴的夫妻。这身份虽然是假的,但戏里的唱词、说白和故事情节,都是真正的温存体贴。

"故此二人就疯了",芳官说。怎么疯了呢?两个人把戏文里演绎的感情,延伸到自己生活中来。"虽不做戏,寻常饮食起坐,两个人竟是你恩我爱。"后来菂官死了,藕官哭得死去活来,至今不忘。所以每到一定的节日,特别是清明节,她定要设法给菂官烧纸。

说起演员沉迷于自己的角色,甚至分不清自己到底是在虚构的故事幻境,还是在真实的现实世界之中,这种情况古今中外都有记载。但藕官和菂官的故事,仍然有它特殊的地方。

让我们回到前面的情节,说到贾府的戏班子解散的时候,有一多半是不愿意回家的。这岂不令人感到奇怪吗?你还记得龄官的故事吗?她曾经指斥贾府就是个"牢坑"。如今有机会离开这个牢坑,对那些小女孩来说难道不是一件愉快的事情吗?

不愿回家的女孩说出了她们的理由:有的人说父母虽然还在,但是他们只管把她们拿去卖,这一回去终究还是会被他们卖了;也有的人父母已经去世了,是被叔叔伯伯或兄弟所卖;也有人说没人可以投靠。这是一群被出卖的女孩,世上没有人真正爱她们。即使她们有父母,但父母能够卖女儿,他们的感情也实在很可疑。不得不说，穷困，有时候能把亲情磨得薄如一张纸。

藕官、蕊官，是一对还没有成年的女孩。她们在自己演绎的故事里，体会到最深的是什么？小说非常准确地点出来，是"温存体贴"。她们从故事里获得爱，又把它带到生活里来。当一方死去以后，曾经有过的"温存体贴"，仍然长留在生者的生命中。藕官为蕊官烧纸钱的情节震撼我们心灵的地方，就在于此。

这种痴情的生活态度，特别投合宝玉的性格。所以，他很认真地请芳官转告藕官：以后断不可烧纸钱。这纸钱是后人闹出来的偏离中国传统的东西，不是孔子的遗训。以后到了一定的节日，只要准备一个香炉，到日随便焚香（看方便的时候点上香），只要心意虔诚，就能传达到对方那里。就是说，打通生死的阻隔，归根结底要靠情意。我们可以理解，这也代表了曹雪芹对某些民间习俗的看法吧。

在藕官烧纸钱的故事里，作者生动地描绘了一个婆子的形象。我们说过，"婆子"是《红楼梦》里一个特殊的概念。它特殊在什么地方呢？我们下一讲再来分析。

102讲

珍珠变鱼目

上一讲我们讲了藕官的故事,同时讲到所谓"婆子"和"女儿"的冲突。这一讲,我们沿着原有的方向,进一步对上面所说的话题进行更细致的讲解。

故事要从莺儿说起。这莺儿是宝钗从自己家带过来的小丫鬟,聪明伶俐,又天真烂漫。一天早晨,宝钗让她到黛玉那里取一种治皮肤癣用的蔷薇硝,蕊官说也要跟着去,顺便瞧瞧藕官。于是两人一路出了蘅芜苑。

在路上,二人你言我语,一边行走,一边说笑,不知不觉来到了柳叶渚这个地方。二人顺着柳堤走过,这时正是清明节过后不久,柳树枝条才吐出浅绿的嫩叶,丝丝绺绺就像垂荡的金线一般。美好的春天,美妙的少女,让人心动。

莺儿是个审美感觉很好的女孩,看着这么好的景色,不觉贪玩起来,把正事先放到了一边,顺手采了许多嫩柳条,让蕊官给她拿着。她自己一路走一路用柳条编花篮,在路上看见花就摘上那么一朵两朵,编出一个小巧的有提把的篮子。柳枝上本来就布满嫩叶,把花放上去,显得别致有趣。来到了潇湘馆,她把花篮送给黛玉,取了宝钗要的蔷薇硝。黛玉见了花篮十分喜欢,就让紫鹃把它挂起来。

上面是《红楼梦》里一个平平淡淡的情节,但是,它写少女,也就是生命的春天和自然的春天融合在一起,天然地成为一幅画、一首诗,它告诉我们,生命如此美好。

但是,在人的世界里面,总会有各种力量去破坏这种美好。我们继续往下讲。

莺儿和蕊官又带上藕官往回走,路上莺儿又采了些柳条,她索性坐在山石上编起来。蕊官和藕官先把蔷薇硝送到蘅芜苑,又回来看莺儿编花篮。这时又有个女孩参加进来,那是宝玉房里的小丫鬟,名叫春燕。

春燕问藕官说:"前儿你到底烧什么纸?被我姨妈看见了,

要告你没告成，倒被宝玉赖了他一大些不是（说了她很多过错），气的他一五一十告诉我妈。你们在外头这二三年积了些什么仇恨，如今还不解开？"

这段话为前面的故事补充了一些信息：上一集里那个逮着藕官烧纸的婆子，藕官的干娘，就是春燕的姨妈。下面还要说到，春燕的母亲呢，又是芳官的干娘。这姊妹俩，是原来梨香院里众婆子的代表。

你可能要问：这些婆子怎么会成为戏班子女孩的"干娘"呢？这些干娘和干女儿怎么像仇人一样呢？我们仔细读故事情节就会知道：这些干娘并不是女孩子自己要认的，而是贾府的主人安排的。因为那些女孩年纪小，有个干娘可以照顾和监管她们。那些女孩的生活费用，也是由干娘来掌管。

所以，藕官听到春燕发问，就冷笑起来，说道："有什么仇恨？他们不知足，反怨我们了。"婆子贪心，克扣女孩的生活费用，女孩性气高，又不服气，自然积下许多怨恨。

藕官在这里抱怨她的干娘，也就是春燕的姨妈，春燕非但不计较，反而很赞同。她还把自己的妈也搭进去，一起加以批评，说她们老姊妹两个，"如今越老了越把钱看的真了"。

春燕还举了另外一个例子："姨妈刚和藕官吵了，接着我妈为洗头就和芳官吵。"洗头吵什么呢？因为女孩洗头总要用掉一点花钱的东西，春燕娘就不太愿意给芳官洗头。昨日得了芳官的月钱，推不过了，买了东西来。但她买了东西也没让芳官先洗，而是让自己的女儿春燕洗。春燕不乐意，春燕娘就又叫女儿小鸠儿洗了，剩下的水才让芳官用。芳官性气很高，哪里肯？自然就吵起来。春燕娘不仅满嘴臭气骂了芳官，还伸手要打她。后来被宝玉和几个大丫鬟训斥了一通，才晦气地走了。

这都是很琐碎的事，好像不值得一说是吧？可是你要注意，一个是几个小女孩摘柳条编花篮的场景，一个是春燕娘舍不得花几个小钱，用亲女儿洗剩下的水叫芳官洗头的场景，而且那钱还不是她的，是芳官的。这两个场景对照来看，会不会让人觉得特别难受？人生可以是那么诗意的，也可以是这么污秽鄙琐的。这就是《红楼梦》让我们思考的地方。

故事还没有结束。春燕还有个姑妈，在探春改革大观园管理制度的时候，承包了附近一带的树木花草。春燕姑妈和春燕她妈姑嫂两个，对这些花草照看得谨谨慎慎，一根草也不愿让别人动。春燕就警告莺儿说："你还掐这些花儿，又折他的嫩树，他们即刻就来，仔细他们抱怨。"莺儿却说："别人乱折乱掐使不得，独我使得。"为什么呢？因为按照规定，承包人要负责供应各房里装饰用插瓶的花和姑娘丫鬟戴的花，宝钗不喜欢这些花花草草，从没有要过一次。所以，莺儿说："我今便掐些，他们也不好意思说的。"

一句话没说完，春燕姑妈果然拄了拐走来。那婆子见莺儿采了许多嫩柳，又看到藕官她们采了许多鲜花，心里很难受，可是她看见是莺儿在编,又不好说什么,这道理莺儿刚刚已经解释过了。心里不舒服怎么办?婆子就找春燕的茬儿,说她贪玩误了事。春燕给自己辩护了几句,没想到莺儿这小丫头特别淘气,她知道那婆子为什么不开心,就特意开玩笑,说:"姑妈,你别信小燕的话。这都是他摘下来的,烦我给他编,我撵他,他不去。"

春燕赶紧阻止,说这玩笑开不得,可是迟了。那婆子本来就是个愚昧的人,加上年纪老了、脑子昏了,只认银钱不认情面,正是心疼得厉害的时候,听莺儿这么说,她就倚老卖老,拿起拐杖向春燕身上打去,还恶声骂起来。

春燕又惭愧又着急,都哭了,莺儿这时候赶紧为她解释,可是有什么用?偏偏这时春燕的娘出来找她,那婆子就接着声儿说道:"你来瞧瞧,你的女儿连我也不服了!在那里排揎我(说我的不是)呢。"等春燕娘走近了,她姑妈又拿山石上的花柳给她瞧,说:"你瞧瞧,你女儿这么大孩子顽的。他先领着人糟踏我,我怎么说人?"春燕娘因为芳官的事情,气还没消,又恨女儿不遂她的心、不听她的话,就走上来打了春燕一耳光,骂道:"小娼妇,你能上去了几年?你也跟那起轻狂浪小妇学,怎么就管不得你们了?"春燕娘说的所谓轻狂浪小妇,就是那些她所痛恨的宝玉房里的丫鬟。

这件事情最后闹得乱七八糟,直到平儿出面,说要把春燕娘打四十板撵出去,她才吓得不敢说话,连连求饶,这些我们不细说了。几个婆子骂起人来,满嘴的脏字,这里也不方便引用。我只是要说明一下,《红楼梦》写人物对话,非常注意切合人物的身份与性格。**作者设计那些婆子说粗野脏话,就是为了呈现她们贪鄙污浊的生命状态。**

从小说第五十八回开始,好几回的故事内容都牵涉"女儿"与"婆子",她们是两种完全不同的生命状态的对照。你会不会提出一个问题:"婆子"又不是天生的,她们最初不也是"女儿"吗?为什么会出现完全不同的生命状态呢?

宝玉已经回答了这个问题,小说通过春燕的嘴,引述了他的一段话:"女孩儿未出嫁,是颗无价之宝珠。出了嫁,不知怎么就变出许多的不好的毛病来,虽是颗珠子,却没有光彩宝色,是颗死珠了。再老了,更变的不是珠子,竟是鱼眼睛了。分明一个人,怎么变出三样来?"

我在这里再说一遍,《红楼梦》所说的婆子,包含年龄和身份的双重因素,主要是指中老年女仆。宝玉的话,大体上也是指这一群人。那么,我们可以简单地说,丫鬟,开始是可爱的"女儿",最后却会变成贪鄙污秽的"婆子"。

为什么?何以如此?

《红楼梦》没有正面回答这个问题,但它写实性的故事内容,却启发我们去这样想:奴婢出嫁以后,青春的美梦离她们越来越远,而生活的压力却越来越重。为了应对这种压力,她们会屈从于权势,更看重物质性的东西,甚至只相信金钱。人性的光芒就这样黯然褪去,而贪欲和粗鄙逐渐淹没了一切。也就是说，当时的社会有一种力量，生活有一种力量，能够毁灭"女儿"生命中所有美好的东西。

一开始我们说，《红楼梦》是献给女性的伟大的赞美诗。但现在我们要补充一点：这个赞美是有条件的，作者在赞美女性的同时，也厌恶社会对女性生命的污染。

"女儿"和"婆子"的冲突还没有结束。下一讲我们要讲赵姨娘耍威风的故事，它仍然与这个主题有关。

蔷薇硝之战

上一讲我们说到莺儿、春燕等几个女孩为了折柳条编花篮的事，同春燕娘以及春燕姑妈发生了一场冲突。事情平息以后，宝玉叫春燕跟她妈去给莺儿说几句好话，春燕答应了。到了那里，春燕和她妈向莺儿道了不是，然后告别回来了。

这时蕊官赶了出来，托春燕带一个纸包的蔷薇硝，给芳官擦脸用的。春燕笑她，"还怕那里没这个与他"，蕊官道："他是他的，我送的是我的。"她们这些唱戏的女孩原来是住在一起的，现在分到各房，仍旧彼此牵挂着。

于是春燕就接了下来，回到怡红院来见宝玉，想将刚刚的事跟宝玉说一下。这时贾环和贾琮已经先进屋里问候宝玉。贾琮是贾赦和一个妾所生的儿子，也就是宝玉的堂弟。春燕见插不上嘴，便使个眼色把芳官叫到一旁，跟她说蕊官送她蔷薇硝的事情。

宝玉呢，与贾琮、贾环没什么话可说，就笑着问芳官手里拿的是什么。芳官便一边解释一边把纸包递给宝玉瞧。贾环听了，也伸着头瞧了一瞧，又闻到一股清香，便弯下腰从靴筒里掏出一张纸来托在手里，笑着说："好哥哥，给我一半儿。"贾环这个人，害起宝玉来恨不得立马要宝玉死，可是事情过后他又好像什么也没发生，一星半点的便宜都照常要占。

宝玉也没什么办法，只能和芳官说把蔷薇硝分给他一半。可是芳官不肯把蕊官送的东西给贾环，连忙拦住了宝玉，笑着说："别动这个，我另拿些来。"可是她回到自己房中去找自己日常所用的，盒子里已经是空的了。问是谁用了，也问不明白。麝月就说，别问这个了，无非是谁一时缺了，就拿着用了。"你不管拿些什么给他们，他们那里看得出来？"你还记得前面我们曾经说过，宝玉让麝月随便拿些钱去赌博游戏吗？这些细节体现出，宝玉房里的钱物都很充裕，看待日常的物品也很随便。而在丫鬟麝月眼里，贾环不过是个乡巴佬。

芳官听了，便包了一包茉莉粉出来。贾环见了就伸手来接，芳官连忙把茉莉粉往炕上一扔，贾环也只好去炕上捡了，揣在怀内，然后告别而去。这些动作，可以看到芳官的任性和骄傲，以及贾环的猥琐。

贾环回到自己屋里，正好王夫人房里的大丫鬟彩云和赵姨娘在闲谈。贾环跟彩云相好，便笑嘻嘻地对她说，自己从宝玉

骆玉明给孩子讲 红楼梦

蔷薇硝之战

那里要到一包好东西——蔷薇硝,说"送你擦脸"。彩云打开一看,咪的一声笑了,说道:"他们哄你这乡老呢。这不是硝,这是茉莉粉。"

这件事把赵姨娘给惹火了,便气愤地说:"有好的给你!谁叫你要去了,怎怨他们耍你!依我,拿了去照脸摔给他去,趁着这回子撞尸的撞尸去了,挺床的便挺床,吵一出子,大家别心净,也算是报仇。"

这里我们要说一下荣国府的情况。在前一年的秋天,贾政被朝廷派到江西做官去了。我们不是说过,在前些日子,皇家有位老太妃去世了吗,贾母和王夫人等需要参加她的丧仪,还要送灵到离京城很远的陵墓去,有一段日子管不了贾府的事。而王熙凤呢,还病着。这就是赵姨娘所说的"撞尸的撞尸去了,挺床的便挺床"。"撞尸"是骂人的话,字面的意思是没事在外面瞎走。赵姨娘把贾母、王夫人为太妃送灵叫作"撞尸",可见她在暗下里说话的时候,什么也不忌讳,有一股恶毒凶狠的劲。平日赵姨娘总是被压着,如今头顶上几座山临时挪开了,脚头子有些轻,很想找一个大闹一场的好机会。

贾环听说,便低下了头,他不愿意去。赵姨娘指着贾环骂他"下流没刚性",又说:平日我说你一句儿,或无心中错拿了一件东西给你,你倒会扭头暴筋,瞪着眼墩摔(顶撞)娘。这会子被那起小崽子耍弄也罢了,你明儿还想这些家里人怕你呢!赵姨娘的意思是说贾环是个主子,被丫鬟欺负了,以后在家里还有什么威望呢？赵姨娘继续说，"我也替你羞"。这段话中有好几处脏字，我都给去掉了，我们没法去讲它。但这些脏字原来是有用的，它显示了赵姨娘的生命状态。同时，从这段话里我们也能看到贾环和母亲一起生活时，他们两个人之间是一种什么样的气氛。

贾环听了，又羞愧又着急，只管摔手说："你这么会说，你又不敢去。你不怕三姐姐，你敢去，我就服你！"三姐姐指的就是探春，她是现在荣国府主要的管事人。

就这一句话，戳着了他娘的心肺，赵姨娘大喊大叫起来："我肠子爬出来的，我再怕不成！这屋里越发有的说了。"赵姨娘一边说，一边拿了那纸包，飞也似的往大观园去了。

赵姨娘冒着一头火进了园子。这火本来能烧多久，也很难说。可巧，顶头遇上了一个人，给她添柴煽风了。谁呢？藕官的干娘夏婆子。小说这个时候才点出那婆子姓夏。

那婆子见赵姨娘气哼哼地走来，就问她怎么了。赵姨娘一五一十跟她说了，然后愤愤不平地表示："若是别一个，我还不恼（如果是别人我也就罢了），若叫这些小娼妇捉弄了，还成个什么！"夏婆子听了，正中下怀，赶紧鼓励她"你老想一想，这屋里除了太太，谁还大似你？你老自己撑不起来，但凡撑起来的，谁还不怕你老人家？"这些话一下子把赵姨娘抬到云端里，她可长了志气了。

然后夏婆子又送给赵姨娘一条材料，就是藕官烧纸钱的事情,夏婆子诱导赵姨娘"把这两件事抓着理扎个筏子,我在旁作证据,你老把威风抖一抖,以后也好争别的礼"。扎个筏子,意思就是借题发挥,夏婆子这段话的意思就是这一次你斗争胜利了,以后再争什么就很顺。赵姨娘听了这话,越想越觉得有理,她也就越发得了意,仗着胆子便一路到了怡红院。

可巧宝玉找黛玉去了。芳官正和袭人等人在一起吃饭,见赵姨娘来了,便都站起来问候。赵姨娘二话不说,走上来便把一包粉照着芳官的脸上摔过去,骂道:"小淫妇!你是我银子钱买来学戏的,我家里下三等奴才也比你高贵些的,你都会看人下菜碟儿。宝玉要给东西,你拦在头里,莫不是要了你的了?拿这个哄他,你只当他不认得呢!"

这段话很有意思。赵姨娘说芳官是"我银子钱买来学戏的",有人可能会怀疑这地方是不是漏了字了,芳官也不可能是她用银子钱买来的,但其实这是一句非常传神的话,它正是写出了赵姨娘在夏婆子鼓励之后,一种膨胀的自我想象,她把自己看成正经主子了。我们前面说过,赵姨娘的身份严格说来仍然是奴婢,在王夫人、王熙凤面前,她连大气都不敢出。但是她却认为自己有资格欺负那些身份比她低、比她更弱小的人。在这样的过程中,她可以获得一种快感。她骂芳官的那些话非常下流肮脏,我们也不能直接讲出来,而这些话越是下流肮脏,她的快感就越强烈。

芳官气得哭了。她的反击是直接的,简单说就是一句话——你别充什么主子！芳官说："我又不是姨奶奶家买的。'梅香拜把子——都是奴几'呢！"后面这句话的意思是：一帮丫鬟结拜，别炫耀自己是老几老几了，不都是奴才吗？

赵姨娘刚刚给自己画了一个假象，她说芳官是她拿银子钱买来的，可是还没过上瘾呢，就让芳官一下子戳破了。赵姨娘气得上来就打了芳官两个耳刮子。

这可把事情闹大了。芳官哪里肯依，便打滚撒泼，扯着赵姨娘哭闹起来。藕官、蕊官、葵官、豆官都闻讯赶来了。豆官冲在前面，一头撞上去，几乎把赵姨娘撞得跌了一跤。其他三个也跟着拥上来，放声大哭，用手撕、用头撞，把赵姨娘围住。一面打闹，四人口中还说："你只打死我们四个就罢！"怡红院的人，晴雯装作在拉架，其实是乐得看热闹；袭人自己，根本弄不下来。一直到有人把探春等人叫来，才把四个小孩喝住。赵姨娘气得瞪着眼暴起了青筋，话都说不明白。她本来以为小孩子好欺负，结果被几个小孩整得无路可走。

小说第六十回的这一段故事，是前面已经写到的"女儿"与"婆子"的冲突这一个主题的延续。只不过赵姨娘是小说中比较重要的人物，这段故事，同时也将这一人物形象描绘得更加丰富。如果说，在《红楼梦》里，"婆子"意味着女性的生命因为遭受社会之恶的污染而变得粗鄙丑陋，那么赵姨娘就是这一现象的代表。从她身上，你可以看到：有时候，当奴婢试图以主子自居时，或者有一天成了主子时，他们对待别的奴婢，会比原来的主子还要凶恶。人性的恶堆积在他们的生命里，会发酵、会膨胀。这个道理，曹雪芹借赵姨娘的形象演示给我们看了。

赵姨娘闹完了，怡红院重归平静。过了两天，宝玉让芳官到厨房去说件事。以前晴雯就说过芳官会惹事，她去厨房会不会惹出什么事来呢？我们下一讲再说。

厨房之战

上一讲我们说到,宝玉让芳官到厨房去传一句话。传什么话呢?只见她来到厨房,扒着院门,笑着对厨房里的柳家媳妇说道:"柳嫂子,宝二爷说了:晚饭的素菜要一样凉凉的酸酸的东西,只别搁上香油弄腻了。"这不是什么要紧事。

我们稍微说一下这厨房。之前贾府的女孩和宝玉都是跟着贾母用餐的。他们搬进大观园以后,贾母看到天气不好的时候,这些孩子在路上来来回回挺辛苦的,就让人专门在大观园建了一个小厨房为他们服务。厨房管事的头就是柳嫂,她管着几号人。她很伶俐,也有点专断。后面的故事说到:柳嫂不在的时候,厨房里其他婆娘什么也不敢决定。你要知道,再小的权力也是权力。

柳嫂答应了芳官的话,又笑着邀请芳官进厨房逛逛。芳官

厨房之战

才进来,这时又来一个婆子,手里托了一个碟子,碟子里放着一块糕。芳官就开玩笑说:"谁买的热糕?我先尝一块儿。"边上有个叫蝉姐儿的女孩一手把碟子接过去,说:"这是人家买的,你们还稀罕这个。"

蝉姐儿是谁呢?她是夏婆子的外孙女,在探春房里干些杂活。夏婆子,就是藕官的干娘,她对原来戏班子里的女孩子有怨恨,所以蝉姐儿也对戏班里的女孩子有意见。

柳嫂见了,连忙笑着对芳官说,她这里有才买下的,说着便拿了一碟出来,递给芳官。"芳官便拿着热糕,问到蝉姐儿脸上",你要注意这句话,什么叫问到蝉姐儿脸上呢?就是一边把碟子塞到蝉姐儿的脸边,一边得意地责问。这简直是写绝了!她说什么呢?"稀罕吃你那糕,这个不是糕不成?我不过

说着顽罢了,你给我磕个头,我也不吃。"说着,就把手里的糕一块一块掰了,扔着打雀儿顽,嘴里笑着说:"柳嫂子,你别心疼,我回来买二斤给你。"

这一段写芳官的机灵和带着孩子气的骄横,真是活灵活现。

不过她这样任性会给自己、给柳嫂带来什么麻烦呢?芳官是不会去想的,她还小,她只顾自己快活。

你可能要提一个问题,为什么柳嫂会格外讨好芳官呢?一来她以前也是在梨香院做事,原本跟芳官这些人相处得比较好;二来她还有个心事。柳嫂的女儿名叫五儿,长得挺美的,跟芳官是好姐妹。五儿因为身体弱,十六岁了,还没得差,就是还没分配工作。柳嫂见宝玉房里丫鬟多差事轻,又听说宝玉将来都要放她们,就是不用父母交赎金,就让她们回到父母身边去,所以就想把五儿送到宝玉那里应名儿。什么叫应名儿呢?就是兼一个差,不用干什么事儿。那么怎么能找到机会呢?她就托了芳官去说动宝玉。

芳官这孩子不太讨人喜欢,可是宝玉很宠她,其中的道理,我们后面还要专门说一说。总之,芳官跟宝玉说了,宝玉也答应了,只是近来王熙凤和探春这些管事的人对用人花钱的事态度比较消极,芳官就希望宝玉先去求老太太。这事还搁着,得瞅着机会才能办。

这天下午柳嫂在厨房里按着房头分派菜肴。忽见迎春房里

厨房之战

的小丫头莲花儿走来说:"司棋姐姐说了,要碗鸡蛋,炖的嫩嫩的。"司棋是二小姐迎春房里的大丫鬟,算是丫鬟领班。她这是要给自己加一个菜。

柳嫂就抱怨说:"就是这样尊贵。"在柳嫂看来,一个大丫鬟老想给自己专门点菜,是过分之举。然后又说:"今年这鸡蛋短的很,我那里找去?"她让莲花儿跟司棋去说改日再吃,就把这事给推了。柳嫂掌管着一个厨房,要应付各方面的需要,她也要保护自己的利益,所以不能够什么要求都满足。如果是宝玉房里的人要,那就什么都有了。

莲花儿很不满意,说:"前儿要吃豆腐,你弄了些馊的,叫他说了我一顿。今儿要鸡蛋又没有了。什么好东西,我就不信连鸡蛋都没有了,别叫我翻出来。"一面说,一面走过去就揭起菜箱的盖子,只见里面果然有十来个鸡蛋,莲花儿说道:"这不是?你就这么利害!吃的是主子的,我们的分例,你为什么心疼?又不是你下的蛋,怕人吃了。"这小丫头嘴皮子也很尖利。

柳嫂恼火了:"你少满嘴里混嗄(胡说)!你娘才下蛋呢!"下面她说了一长段的话,语气非常生动,希望你读一下原文,仔细体会。我们在这里大致归纳一下,她的意思是说:厨房主要是为小姐们服务的,就那十来个鸡蛋,你们吃了,倘或哪个姑娘要吃,那叫我怎么弄?细米白饭,每天肥鸡大鸭子,将就些儿也罢了,天天还闹出点事来了。最后她总结成一

157

句话:"我倒别伺候头层主子,只预备你们二层主子了!"

柳嫂的话听起来那是理直气壮,但是她有个大的漏洞,就是做事不公平。莲花儿反驳她:"前儿小燕(就是宝玉房的春燕)来,说'晴雯姐姐要吃芦蒿',你怎么忙的还问肉炒鸡炒?小燕说'荤的因不好才另叫你炒个面筋的,少搁油才好'。你连忙倒说'自己发昏',赶着洗手炒了,狗颠儿似的亲捧了去。"这几句话的描写也是很漂亮,虽然有一点漫画的味道,但确实也画出了柳嫂殷勤的嘴脸。她有事求着宝玉房里的人呢,能不殷勤吗?

这话揭露了柳嫂的短处。柳嫂赶紧想办法抹平这条缝。她一开口就拉自己的部下为自己作证说:"这些人眼见的。"眼见什么呢?各房里"不论姑娘姐儿们要添一样半样,谁不是先拿了钱来,另买另添"。就是说添菜是要另外加钱的。她还举了一个优秀的例子给莲花儿,也是给她背后的司棋做榜样:"前儿三姑娘和宝姑娘偶然商议要吃个油盐炒枸杞芽儿来,现打发个姐儿拿着五百钱来给我。"她说的是探春和宝钗。大观园里,谁还能比探春、宝钗有脸有身份吗?她们添个菜也专门拿钱来,为什么你们不向她们学习呢?

在柳嫂的辩护词里,还着重解释了一个问题:管厨房没有多余的赚头。柳嫂说:"说我单管姑娘厨房省事,又有剩头儿(剩余的利益)。"但其实不是如此。她说"算起帐来,惹人恶心"。这是怎么说呢?就是府里按规定每天拨给的鸡鸭肉啊、蔬菜啊这些原材料，连正经的两顿饭都撑持不住，很勉强了，哪里还禁得住这个点这样，那个点那样，"我那里有这些赔的"。照她这么说起来，厨房实在是个苦差使，弄不好还得自己赔钱进去。

可惜她这么说，别人却不相信。

这边柳嫂和莲花儿还在争辩，只见司棋又打发人来催莲花儿，说她："死在这里了，怎么就不回去？"莲花儿赌气回去了，添油加醋，说给了司棋。

这司棋听了，心头冒火。等伺候迎春饭罢，带了小丫头们走来，见了厨房里许多人正吃饭。众人见势头不好，都忙起身赔笑让座。

司棋根本不和她们啰唆，喝命小丫头们动手，"凡箱柜所有的菜蔬，只管丢出来喂狗，大家赚不成"！这话的意思是厨房是有赚头的，有好处不肯跟我分，那就大家都赚不成。

司棋后面还有故事，这是她第一次出场。打砸厨房颇有声势和气派，"大家赚不成"也是极明快的话。我们现在对她已经有了一点印象了。

那些小丫头怀恨在心，破坏欲很强，七手八脚抢上去，一顿乱翻乱掷。众人一面拉着劝，一面央告司棋说："姑娘别误听了小孩子的话。柳嫂子有八个头，也不敢得罪姑娘。"司棋被众人一顿好话劝下来，气慢慢就平了。气平了也不能轻易就走啊，连说带骂，闹了一回，才带着一帮小丫头得胜而归。

柳嫂无可奈何，只好摔碗丢盘自己嘟囔了一会儿，蒸了一碗蛋令人送去。司棋拿了全泼地上了。

厨房里的故事，芳官一节，司棋一节，都非常好看。人物极生动，语言极漂亮。你读《红楼梦》，如果错误地认为它只是一部爱情小说，那就会忽略这些精彩的章节。《红楼梦》是一部具有复杂结构的、反映多层面社会生活的小说。在社会的不同层面上，每个人都有自己的欲望，他们的欲望彼此冲突，引发重重的悲欢。人其实都有相同之处，只是他们生活在不同的位置上。作为一个伟大的作家，曹雪芹绝不认为那些小人物的欲求与悲欢是不足道的，他会仔细地关注他们，精心地描述他们的生活，然后，你会思考：生命的意义、生命的快乐，到底在哪里？

围绕厨房的战争，并没有因为司棋的息怒而结束。这一天黄昏，五儿带了一份礼物去怡红院看芳官，意外地惹下一个大麻烦。这个我们下一讲再说。

— 谁是窃贼 —

茉莉粉替去蔷薇硝
玫瑰露引来茯苓霜

谁是窃贼

上一讲我们说到司棋大闹厨房。这件事平息下来以后,五儿趁着黄昏人少之际,悄悄地来到怡红院找芳官,因为五儿没有差事没有身份,在大观园里不好随意乱走。

五儿找芳官干吗呢?她拿了一包茯苓霜想送给芳官。这茯苓霜是一种滋补品,还有美白皮肤的功能,在当时来说,这不是普通百姓用得起的东西。

那么五儿的茯苓霜又是从哪里来的呢?

原来,那天下午,芳官从宝玉那里要了宝玉用剩下来的半瓶玫瑰露,把这玫瑰露送给了五儿。玫瑰露也是一种珍贵的滋补品,而且是有药效的,吃了能使人"心中爽快,头目清凉",就是脑袋和眼睛都感觉清凉。五儿她妈柳嫂,想起她哥哥的儿子正生着病,有了这等好东西,柳嫂就分出一盏拿去给她侄子冲水喝。

事情也是凑巧,柳嫂她哥哥也得了一个好东西。

柳嫂她哥是荣国府的门官,就是门房的小头头。这天有个广东来的官员送给贾府两篓子茯苓霜,另外拿了一篓子做门礼,送给看门的门官。当官的给贾府老爷、太太送礼,还要送"门礼"干吗?你想,这个广东官员巴巴地送礼给贾府,要么是有求于贾府,要么就是想要套近乎。他的礼必须经过门房转手才能送上去,表明他跟贾府原来不熟悉。门房要是不高兴,给你瞎搅乎一下,那也是很容易的。古代有个民间谚语,说是"宰相门前七品官",意思是说宰相府一个看门的也跟一个七品官差不多,说的就是这个道理。

柳嫂巴巴地把玫瑰露给送来,她的哥哥嫂子心里很感激,就把茯苓霜也给她分了一些。

这茯苓霜就到了五儿那里,五儿便想起芳官。她在怡红院外面遇到了春燕,春燕说芳官出去有事了,五儿就把这茯苓霜递给了春燕,让她转交给芳官。

回头走不远,忽然见到管家林之孝家的带着几个婆子迎面走过来。五儿藏躲不及,只得上来问好。林之孝家的就问:"我听见你病了,怎么跑到这里来?"五儿不方便实话实说,就扯了一个谎,可是很不巧,这个谎被林之孝家的发现了漏洞,她再要圆谎,就难免说话不利索,神色也有些慌张。

近几天王夫人房里失落了东西,王熙凤让林之孝家的去查,这会儿她看五儿神色慌张,心里就起了疑。

可巧这个时候婵姐儿、莲花儿和几个媳妇子从另一边走过来。

莲花儿是司棋的人,上一讲我们说过她白天在厨房里跟柳嫂争吵过。婵姐儿呢,她之前为了一块糕被芳官狠狠奚落了一场,而且另外一个唱戏的叫艾官的女孩,在探春面前告发了婵姐儿的外婆夏婆子,说夏婆子唆使赵姨娘大闹怡红院,这事也被婵姐儿知道了。她对这些演戏的女孩子心中有恨。所以两个人见林之孝家的查问和芳官关系好的五儿,就都有点幸灾乐祸。

莲花儿就说:"林奶奶倒要审审他。这两日他往这里头跑的不像。"她老往怡红院这里跑,不正常。婵姐儿就提起她听说太太房里少了一罐玫瑰露,这就是影射五儿有可疑之处。莲花儿听了就笑起来,她说太太房里少东西这事自己不知道,但玫瑰露呢,"今儿我倒看见一个露瓶子"。她怎么看见的呢?上一讲我们不是说她跟着司棋大闹厨房吗,她们到处乱翻,就把芳官送给五儿的玫瑰露瓶子给翻出来了。

林之孝家的正为这事儿发愁呢,听莲花儿一说,赶紧带着人搜厨房,果然搜出一瓶玫瑰露,还搜出一包茯苓霜来,这下赃证都有了。你或许要问:又没人说丢过茯苓霜,这怎么也成了赃证呢?因为它也是仆人不应该有的东西,可以作为辅助的证据。

事情最后就通过平儿报给了王熙凤来处置。王熙凤还生着病呢,刚吃完了药才歇下,没精神起身查问,就吩咐:"将他娘(就是柳嫂)打四十板子,撵出去,永不许进二门。把五儿打四十板子,立刻交给庄子上,或卖或配人。"

虽然王熙凤做事情精明仔细,但也并不总是如此。眼前这件事情,对王熙凤来说不是什么大事,就算冤枉了人,又能有多大了不起呢?但要你想,要是照着她的命令办下去,五儿又娇弱又怕丢脸,一条命就差不多丢了。在那个时代,所谓"人命关天"有时候就是一厢情愿的话,很多时候人命真的不值什么。

平儿出来把王熙凤的指示告诉了林之孝家的。五儿一下子吓得哭哭啼啼,给平儿跪着,细细地说芳官怎么把玫瑰露送给她,舅舅怎样送的茯苓霜,平儿听了笑着说:"这样说,你竟是个平白无辜之人,拿你来顶缸。"吩咐把她交给值夜的人看守一夜,明天再做道理。

平儿说的"顶缸",就是拿无辜的人来顶罪,这并不是无意间随口说的。她在

暗讽林之孝家的查不明真相，拿一个似是而非的人来充数，这样她的任务就完成了。那么平儿这么说的依据是什么呢？等一会儿我们会讲。

这里五儿被人软禁起来。那些值夜的媳妇，有的就来教导她，说她不该做这种丢脸的事，也有的抱怨说，正经事还忙不过来，又弄个贼来给我们看，还有一些平日跟柳家关系不好的人，看到五儿被抓起来，都来奚落嘲戏她。

五儿并没有偷东西，但平白无故就成了"贼"了。除了平儿，没有什么人愿意听她申诉，也没有谁会同情这个怯弱的、生病的女孩。这个夜晚，她连睡觉的地方也没有，呜呜咽咽哭了一夜。你要是站在五儿的立场上来看这个世界，这个世界是多么阴暗和寒冷！

关心柳家母女的人是有的，不过他们关心的是怎样尽快把这两人撵出去，我们别忘了柳嫂管着那个厨房呢。第二天一清早，就有几个人在门外等候着平儿，给她送东西，数说柳嫂平时各种各样不好的事情，然后又奉承平儿，说她办事爽快了当，从不拖泥带水。这个夸奖其实也是个暗示，希望她赶紧把柳嫂和她的女儿给撵走，总之拖延一天也不好。

平儿一一的都应着，打发他们走了，自己却悄悄来到怡红院查证玫瑰露的事情。

她为什么要自作主张去查核这个案子呢？一方面固然是因为她心肠软，同时另一方面，也因为这事情本身可疑。五儿一个没有职分的女孩,跑到王夫人屋子里去翻柜子偷东西,她怎么敢?她又怎么能够做得到呢?而且,王夫人少了东西,她屋里的丫鬟,一个彩云、一个玉钏儿互相推诿,吵得合府皆知,荣国府的人都知道,明白人已经知道这究竟是怎么一回事了。

当时平儿在怡红院问这件事,晴雯就走过来笑着说:"太太那边的露再无别人,分明是彩云偷了给环哥儿去了。你们可瞎乱说。"平儿也笑道:"谁不知是这个原故。"可恨彩云不认账,又没赃证,不好明白去说她。原来平儿早就知道谁偷了玫瑰露。所以林之孝家的捉拿了五儿来,她说这是一个"顶缸"的。

既然问清楚五儿的玫瑰露究竟是怎么来的,是不是就可以放过她了呢?平儿说也没这么容易。王夫人那边丢的露没找到偷露的人,这边却查了一个人,还被搜出来是有赃证的,这赃证是跟王夫人少的那个东西相符的,你说这跟五儿无关,"又去找谁?谁还肯认?众人也未必心服"。

宝玉在一旁听了,就说他来把这件事情担下来。

不仅玫瑰露,那茯苓霜也是有问题的。五儿的舅舅守门得到客人的好处,它不好放到明面上。如今茯苓霜被搜出来,追究到她舅舅那里,也落下个老大不是。宝玉想着救人救到底,他就把茯苓霜也给担下来了。

他跟平儿商议出一个方案:就说玫瑰露是他偷的,就为了吓唬王夫人房里那两个丫鬟,跟她们闹着玩儿;茯苓霜也是他从外面得的，曾经赏给仆人过，七转八转，就有一包转到了柳嫂手里。这样，柳嫂母女俩就都跟盗窃的案子没有关系，她们的污名就给洗刷干净了。

你或许要问：这事跟宝玉可是完全没关系，他去揽这个事干吗？如果有谁这样问的话，就忘了宝玉是什么人了。宝玉是不愿意看到女孩受委屈的，如果能帮得上忙，他就会心甘情愿为她们担待。只可惜，到终了他却救不了自己心爱的人。

事情要是按照宝玉的方法去了结，倒也解决了。可是平儿心里不甘：那彩云太气人了！那么这事儿又该怎么办呢？我们下一讲再说。

玫瑰露之战

上一讲我们说到玫瑰露失窃、五儿被冤枉的事情，宝玉愿意编个故事把它承担下来，这样风波就可以平息了。可是平儿心里有所不甘。为什么呢？平儿说了，这事情闹起来以后，玉钏儿急得哭了。平儿也悄悄地问过彩云，本来她的意思是让彩云认下来，然后自己再想办法把这事糊弄过去，也就罢了，可是彩云不但不答应，还死命地挤对玉钏儿。这实在是太可恨了！

再说了，这事也并不是不能彻底查清楚，甚至，在赵姨娘屋里起出赃证来，也很有把握，平儿只是怕伤着一个人。谁呢？三小姐探春。她亲生的娘出乖露丑，三小姐也许能够装得风轻云淡，好像赵姨娘的脸面跟她无关似的，但是到底人言可畏，她心里能不难受吗？

现在按照宝玉的方法把这件事情无声无息地糊弄过去,那彩云得了好处,她还以为"我没了本事问不出来"。平儿不愿让人小看,所以必须得让彩云明白个究竟,不能让她得了便宜还卖乖。

于是平儿又让人把彩云和玉钏儿一起叫来,话是对两个人说的,但其实是在暗示彩云:事情已经有了解决的方法,宝玉愿意把它认下来,可是你总得认个账,不然咱们就查个水落石出,总不能冤枉好人。

彩云在羞愧之下,就承认"偷东西原是赵姨奶奶央告我再三,我拿了些与环哥是情真(实情)",不过她又给自己做了一点辩护,以前房里丫鬟拿王夫人的东西,"各人去送人,也是常事"。这次没想到王熙凤让玉钏儿在王夫人那里找玫瑰露,却一点也没有了,如果能找出来一点,这事也不会闹出这样的风波来。这话里有两层言外之意:一是这事本来就是习以为常的小事,没有必要弄得这么惊天动地;二是她也不是完全诬陷玉钏儿,以前大家都各自拿些东西,玉钏儿确实也拿过。你要注意,《红楼梦》很多平淡无奇的话,细读起来都是很有味道的。

这里还有一个问题:赵姨娘为什么唆使彩云去偷玫瑰露?赵姨娘本性贪小当然是一方面。但你再仔细想一想,宝玉的玫瑰露是王夫人给的,他并不怎么珍惜,随手就给了丫鬟,给了芳官,贾环却根本得不到这种珍贵的东西。赵姨娘为自己的儿

玫瑰露之战

子感到不平,她认为宝玉有的东西贾环也应该有。于是偷对于她来说,成了一种达成"正义"和"公平"的特殊方式。你对我不公平是吧?那我就自己来找一个公平的方法。

还可以往前、往大的道理再说一步。按照传统礼法,王夫人对维持家庭内部的和谐,对教导和养育贾环,负有首要责任,她是嫡母。而正因为她的偏执与自私,使得嫡子和庶子之间在生活待遇上相差过于悬殊,这也深化了家庭的裂隙。你回头想想,前面我们曾经说到麝月叫芳官随便找点什么东西冒充蔷薇硝给贾环,说他反正也不懂,就是明摆着把他当作乡巴佬来欺负。

我们回到平儿这里,这个案子既然已经说开了,彩云就不能过于不要脸,她只能硬着头皮声称"死活我该去受",但平儿的目的不在这里,她要考虑三姑娘的脸面呢。最终,还是由宝玉揽下来了。彩云有惊无险,躲过了一个难堪。但没想到她在贾环那里,却惹下一肚子气。

本来赵姨娘因为彩云私下里陆陆续续从王夫人那里拿给她许多东西,这次被玉钏儿吵出来,她生恐一路查究下来,不知道怎么办。忽然彩云来告诉她,这事都是宝玉应承下来了,从此就没事了,赵姨娘才把心放下来。谁知贾环听彩云这么说,便起了疑心,将彩云历来私下里拿给他的东西都拿了出来,照着彩云的脸摔了过去。

贾环愤怒的原因有两个:一是他怀疑彩云表面上跟他好,

背地里又跟宝玉好，这伤害了他那可怜的自尊心。那么他怀疑的依据是什么呢？贾环说："你不和宝玉好，他如何肯替你应。"他不相信一个人会不得到好处就为别人承担责任；再一个原因是"你既有担当给了我，原该不与一个人知道"。你既然拿了东西给我，你就应该一个人承担起来，怎么把我也说出来呢？贾环还警告彩云，这件事情他是很容易脱身的，他说："不看你素日之情（平时对待我的情分上），去告诉二嫂子（王熙凤），就说你偷来给我，我不敢要。你细想去。"他不是把东西都摔给彩云了吗？那就表明他不要这些东西，他觉得这样自己就可以毫无责任地从整个事件中摆脱出来了。

贾环代表一种特别的个性：在任何条件下，他都只能考虑自己。这没有办法构成一种生活逻辑，他的思维无法具有完整性，只是一堆杂乱的碎片。

我们再回到柳嫂母女俩那里去。却说平儿走出怡红院，路上把五儿领出来，告诉她这件事情是怎么处理的，她应该怎么说，然后回到自己的住处。那里，林之孝家的一大早就已经押解着柳嫂等候着了。

作为总管，林之孝家的工作态度十分积极，她告诉平儿，"恐园里没人伺候姑娘们的饭，我暂且将秦显的女人派了去伺候。姑娘一并回明奶奶（请平儿报告给王熙凤），他倒干净谨慎，以后就派他常伺候罢"。林之孝家的已经安排好厨房的接班人了，只等待王熙凤批准。同时呢，在获得正式批准之前，她已经以没人做饭为由，安排新厨头上班去了。这时候王熙凤如果再说不同意，就显得太过于生硬了。林之孝家的做事很老练。

平儿就说她想不起这个人，玉钏儿告诉她这秦显家的是司棋的婶娘。平儿一下子就明白了，这背后就是大闹厨房的司棋。柳嫂出事了，司棋很兴奋，四处张罗，试图让她婶娘来接替厨头这个位置。你要问她一个丫鬟怎么这么活跃呢？从后面的故事里我们可以知道，司棋是有背景的，她的外婆是王善保家的，而王善保家的是邢夫人的陪嫁女仆和亲信。她们这些人，构成了一个门派。夺取厨房，也是一场战斗。

平儿笑起来，说："也派太急了些。"柳嫂的事儿还没处置，新厨头已经派好了，有这么着急吗？她告诉林之孝家的根本没什么事，就是宝二爷开玩笑闹的，不过是虚惊一场。

林之孝家的难道不会反驳吗？至少，她也会嘀嘀咕咕表示一下不满，是吧？但是她一句话也没说。因为平儿说到最后，一剑封喉，平儿说：那广东官员送的两篓子茯苓霜放在厅里，要等太太回来才能开封，你怎么就说柳嫂偷了茯苓霜，混赖起人来？言外之意，这不公道是吧？是不是有什么缘由呢？林之孝家的目瞪口呆，无话可说。

你要知道平儿是王熙凤的臂膀，她跟了王熙凤好多年，她也经常代表王熙凤处理事情，没有三招两式，在荣国府这种明拳暗脚、你争我斗的地方，哪里混得下来？

再说那边厨房里，秦显家的已经神气活现上任了。首先忙什么事呢？是接收家伙、米粮、煤炭等物，再一一清点，一下子查出许多亏空来："粳米短了两石，常用米又多支了一个月的，炭也欠着额数。"这个清点是大有讲究的。如果说前任厨头是因为偷窃被惩处了，你说她亏空钱粮，那当然是有口难辩，而作为新任厨头，当然有权要求补足空额。"巧妇难为无米之炊"呀，到底亏空了多少，应该补足多少，这里面就大有操作空间。这种事情在古代官场上也经常发生的，厨房也就是官场的缩微版。

秦显家的预造这些亏空账面，也不完全是准备往自己家里搬，她也是有开支的。首先要打点送林之孝家的礼，书中说，她"悄悄的备了一篓炭，五百斤木柴，一担粳米，在外边就遣了子侄送入林家去了"。她还要打点送账房的礼。为什么要送账房呢？确认和补足亏空，那是要账房认定的。

理顺了上面，也要笼络下面。秦显家的又预备了几样菜蔬请几位同事的人，说："我来了，全仗列位扶持。自今以后都是一家人了。我有照顾不到的，好歹大家照顾些。"一场混战之后，江山易主，新的统治秩序正在建立。

正在这儿忙忙乱乱呢，忽有人来跟她说："看过这早饭就出去罢。柳嫂儿原无事，如今还交还他管了。"小说用四个短句来描写秦显家的听了这话之后的样子，"轰去魂魄，垂头丧气，登时掩旗息鼓，卷包而出"。回去以后，她还得花些时间盘算无缘无故赔了多少钱，这不在话下。

秦显家的上任这一小节，写得很精彩。它带有讽刺喜剧的色彩，骨子里却有一种悲悯的气息。

整个"玫瑰露案件"在《红楼梦》里是发生在底层人物之间的一件小事。你也可以说它是"一地鸡毛"。可是作者非常用心，写得迂回曲折、波澜起伏，各种利益关系、各色人物性情，交织成错综复杂而又新鲜活泼的生活图景，堪称美不胜收。作者告诉我们：这也是一个社会，有人的地方就有江湖。你听我说完，会不会长叹一声：人生如此啊！

好了，厨房的战争告一段落。大观园里春光正好，宝玉发现好几个人和自己是同一天的生日，这就又有热闹的事情发生了，下一讲我们一起去看一看。

~湘云寄怀~

却喜诗人吟不倦
岂令寂寞度朝昏

醉卧花丛

前面连着几讲,我们都在讲发生在贾府下层的冲突,这些冲突围绕着有限的物质利益,表现得非常尖锐。这让我们想到生命的琐碎和灰暗。

小说接着写,宝玉的生日到了,而且很巧,薛宝琴、邢岫烟、平儿都是这一天的生日。年轻人聚在一起,本来就很热闹。长辈们又大多不在家,就一个薛姨妈帮着照看一下,薛姨妈又不乐意拘束他们,于是他们就过得格外随意轻松一些。

开酒宴、行酒令、谈诗说文,美丽的青春,浪漫的情怀,风雅的谈吐,这又让人想到生活诗意的一面。小说里这种矛盾因素的交错和对照,也很有味道。

在生日这一天,宝玉焚香拜了天地,到宁国府的贾氏宗祠拜了祖宗,又朝上(对着北面)遥拜过不在家中的贾母、贾政、王夫人等。这些细节都反映了古代的生活习俗。如果你感兴趣可以自己去看一下原文,我们在这里就不多说了。

生日酒宴设在芍药栏红香圃的三间小敞厅里。大观园里有各种集中种植不同花卉的地方。前面我们说到过宝玉看到龄官在地上不停地写"蔷"字,那个地方就是蔷薇栏。而现在正是芍药盛开的季节,所以酒宴就设在芍药栏。小说没有明确交代宝玉的生日究竟是哪一天,我们根据芍药花的花期来做一个大概的判断,差不多就是初夏时节。

四位寿星,薛宝琴、邢岫烟、平儿和宝玉分别坐下,众姐妹和几个大丫鬟也一一入席。

这里有一个细节值得说一说。原来平儿的生日众人都不知道,是她在向宝玉祝贺行礼的时候袭人说出来的。平儿笑着说,他们这等下人,"生日也没拜寿的福,又没受礼职分,可吵闹什么,可不悄悄的过去"。探春却说:"只是今儿倒要替你过个生日,我心才过得去。"宝玉和其他人也一致赞同。于是她这个丫鬟就和几位主子一起坐到了祝寿的酒宴上。

讲这个细节,我想提醒你注意:在前面讲到探春刚开始代王熙凤管事的时候,曾经有意识地在众管家和女仆面前役使平儿,以彰显自己身份的高贵,因为那些人对平儿都有点敬畏。现在,她又特意抬举平儿,这就给平儿一种心理上的补偿。从这些地方,我们可以体会《红楼梦》如何通过细节描写来精确地把握人性。

酒宴要行酒令才热闹有趣。酒令有很多种，各人意见不一，最后用了抓阄的方法来决定。先抓到的一个是"射覆"，这是一种很古老的游戏方法，从性质来说就是猜谜，但难度很大，比较高雅。第二个抽出来的是"拇战"，也就是划拳，到现在依然很流行。方法是两人同时伸出一只手，用手指变化表示不同的数字，并且同时喊出一个数字，这个数字是猜测两人所出数字相加的和，谁说对了就算赢。它的特点是简单明快，而且在喊数的时候有一种兴奋感。

当抓阄抓出"拇战"的时候，湘云开心地笑起来，说："这个简断爽利，合了我的脾气。我不行这个'射覆'（不去玩这个'射覆'），没的垂头丧气闷人，我只划拳去了。"一会儿别人在那里文文雅雅地玩"射覆"，她却等不得，拉了宝玉去划拳，"三"啊、"五"啊乱叫。那边尤氏和鸳鸯隔着酒席也"七""八"乱叫划起来。平儿和袭人也开始了一对划拳，叮叮当当只听得各人腕上的镯子响。在湘云的带动下，场面很热闹。

《红楼梦》写到这里，后面关于湘云的故事已经很少。我想趁这个机会，把她的一些事情再集中讲一下。

史湘云是《红楼梦》里面性情最为开朗的女孩，爱笑爱闹、慷慨豪爽，从来不会含羞带涩、娇娇怯怯，她喜欢把自己打扮成男孩的样子。小说第三十一回中，宝钗说到湘云有一次穿上宝玉的衣服，把贾母也哄住了。贾母看明白之后，又说她

"倒扮上男人好看了"。小说第四十九回写在一场大雪之后,湘云穿了男装,紧身窄袖(衣服收得很紧),鹿皮小靴,越发显得蜂腰猿背,鹤势螂形。众人都笑着说:"偏他只爱打扮成个小子的样儿,原比他打扮女儿更俏丽了些。"这种对男性装扮的偏好,其实包含了一种反抗意味:突破社会习俗所认同的女性姿态,更多地显示出生命的活力。

《红楼梦》对主要的女性角色都有关于相貌的描写,很奇怪就是湘云没有。张爱玲猜测是作者改稿时删了,还没有在合适的地方补上,也有这个可能吧。幸亏还有一句比拟之词,就是上面引到的"蜂腰猿背""鹤势螂形"八个字,从这个描写来推测她的样子,大概就是腰细、肩宽、腿长,身材挺拔,动作轻盈。这就有点现代模特的味道。

从上面的描写,我们还可以了解湘云的体质是不错的。再拿小说第四十九回写众人赏雪作诗的那一节来证明。当时湘云拉了宝玉在野外烧炭火烤生鹿肉吃,被黛玉嘲笑了,湘云却豪放地说:"我们这会子腥的膻的大吃大嚼,回来却是锦心绣口!"身体健康跟性格爽朗是有关系的。大块烤肉嚼完了,再像林妹妹一般抹着眼泪悲悲切切,腔调也不对。

但性格豪爽并不意味着湘云缺乏女性之美。我们再回到前面的故事中。生日的酒宴还在进行,湘云却喝醉了酒,自顾自在假山后面的一块青石板凳上睡着了。众人去看她,只见她已经睡得很熟了,不知在做什么美梦,四面芍药花飞了一身,满

头脸、衣襟上皆是红香散乱。手中的扇子在地下,也有一半被落花埋住了,一群蜜蜂蝴蝶闹嚷嚷地围着。又用丝绸的手帕包了一包芍药花瓣枕着,拿花瓣来当枕头。众人怕她着凉,把她推醒搀扶起来,她还在睡梦中嘟嘟囔囔地行酒令,"泉香而酒冽,醉扶归"什么的。

《红楼梦》里把女性和自然结合起来描写的最美的场景,一个是黛玉葬花,一个是宝钗扑蝶,再有就是湘云醉卧芍药圃。这些都是传统的绘画主题。相比较,湘云的这一幅特别令人喜欢。芍药是鲜艳的花,湘云是靓丽的女孩,两者融合,天然而任性,这样的美真是无与伦比了。

湘云的人生结局是怎样的呢?在小说第三十二回,写到袭人祝贺湘云订婚了。对象是谁呢?书中没有说,但有一点痕迹可以推究。

小说在写秦可卿出殡的时候，提到一个叫卫若兰的人，他的身份是"王孙公子"，就是贵族子弟，但小说里没有他的故事。

但是，早期抄本第三十一回的评语说到了卫若兰，提供了重要的信息。这一回的故事，写宝玉丢失了张道士送给他的一只金麒麟（黄金打制的麒麟），被湘云在路上捡到了。评语说，后数十回写卫若兰在一个练射箭的地方所佩带的麒麟，就是湘云曾经捡到的这个。还说："提纲伏于此回中，所谓草蛇灰线在千里之外。"也就是说，湘云捡到金麒麟，是一条故事伏线，它的意义，要在几十回以后才体现出来。

根据这些线索，大多数研究者认为，湘云订婚的对象，就是卫若兰。

这个婚姻怎么样呢？小说第五回写宝玉在梦中听仙子演唱具有预言作用的《红楼梦》曲子，有一支《乐中悲》是关于湘云的。其中一句说"厮配得才貌仙郎"一句，很明确地表明她的婚姻是美好的，但紧接着又说，满心希望这美好的婚姻天长地久，能够抵消湘云幼年的不幸，却"终久是云散高唐，水涸湘江"。这个句子里嵌了"湘云"两个字，意思是说她好梦不长，幸福很快消失了。这显然是说湘云的丈夫死得早，她很早就守寡了。

曲子的最后两句："这是尘寰中消长数应当，何必枉悲伤！"也值得推究。我们可以把这两句理解为湘云本人的生活态度：生命处在不可知的"运数"之中，幸福是抓不住的东西，悲伤没有任何意义。<mark>我们可以用八个字来形容湘云的人生态度：既然无奈，莫若忘怀。她宁可做一个快乐的宿命论者。</mark>

曹雪芹的《红楼梦》没有写完，湘云的故事也没有写完，我们做上面的简单勾勒，只能说聊胜于无吧。但就在小说前八十回中，作者已经把湘云的艺术形象塑造成功了，只要你读过《红楼梦》，就永远不会忘记她。

我们再回到故事的进程。大观园芍药栏的生日聚会结束以后，宝玉意犹未尽，又忙着张罗在怡红院再办一场夜宴。这个我们下一讲再说。

第 108 讲

耶律雄奴

上一讲我们说到宝玉等人在芍药栏红香圃举办生日酒宴，中途宝玉想起好半天没见芳官了，连忙回到房中去找，果然看到她脸朝着里面睡在床上，这是有点赌气了。

为什么赌气呢？宝玉推她起来，她就抱怨说："你们吃酒不理我，教我闷了半日，可不来睡觉罢了？"芳官是个低等的丫鬟，岁数又小，酒宴上没有她的位置。既然没有请我，那好，我就睡觉了，不跟你们玩。

宝玉宠着芳官，说晚上"叫袭人姐姐带了你桌上吃饭"，把面子补上好不好？芳官说不好，藕官、蕊官都不去，她一个人有什么意思？再说晚饭她已经让柳嫂给单独准备了。

这么说着，只见柳家的果然派人送了一个盒子来。揭开一看，里面是：一碗虾丸鸡皮汤、一碗酒酿清蒸鸭子、一碟腌的胭脂鹅脯，还有一碟是四个奶油松瓤卷酥，再有一大碗热腾腾碧荧荧蒸的绿畦香稻粳米饭（一种高级的大米做的饭）。

《红楼梦》里多次写到菜肴，这一套也是很精致。你觉得这跟芳官的身份不太般配是吧？确实是，柳嫂有她自己的私念。这样一顿美味晚餐，芳官应该满意了是吧？不是的，芳官说："油腻腻的，谁吃这些东西。"只把汤泡饭吃了一碗，拣了两块腌鹅就不吃了。

芳官很挑剔很任性。这个三等丫鬟有小姐的气派。

怡红院里有个晴雯，她也是个任性的女孩，但是她还比不上芳官，芳官更加张扬。你看上次我们说过的，她拿一碟热糕嘲弄蝉姐儿的故事，那几乎就是蛮横了。

所以连晴雯都不待见她。前一次她跟干娘夏婆子起了冲突，晴雯就说："都是芳官不省事，不知狂的什么也不是，会两出戏，倒像杀了贼王，擒了反叛来的。"这是嫌芳官气派太大。

芳官还很淘气。宝玉的屋子里放着一台西洋的座钟，那是个稀罕货，当然也是贵重的东西，芳官去摆弄下面的钟摆，弄了半天，钟就不走了。麝月说她"也该打几下"。怡红院里，对损坏东西看得不是那么严重，换个地方，那么珍贵的东西被弄坏了，哪里有那么轻松！

我们把话说回来。这天晚上，怡红院的丫鬟们张罗着单独给宝二爷庆生。银子是大家凑起来的，四个大丫鬟每人五钱，四个小丫鬟每人三钱，都交给了柳嫂子，预备下四十碟果子。

耶律雄奴

另外备了一坛上好的绍兴酒。按照袭人的说法,这是一个情意。

酒宴开起来了,宝玉说天热,在自己院子里,不愿意很拘谨,就脱了外面的正装,光穿着一身便服。别人还在摆席,他跟芳官两个人先划起拳来了,一会儿芳官满口嚷热,也换了便服。

我们来看看她的打扮。上身是缎子的三色水田小夹袄。什么叫"水田"呢?就是把不同颜色的布料裁成小方块再拼接起来,像一个个"田"字形。三色是哪三色呢?玉色、深紫红色、橙色,这样一件三色拼接起来的紧身小袄非常俏。腰上束着一条柳绿(亮翠色)的汗巾,底下是浅红色点缀着不规则花朵的夹裤,然后散着裤腿。你注意这个"散着裤腿"。我们还是拿清代作为背景,当时女性裤子是穿在裙子里面的,不作为外面的衣服,而裤腿是束起来的。但芳官好几次出现,都是把裤子作为外服,直接穿在外面,而且是散着裤腿。她喜欢这样的打扮。

然后我们看她的头和脸吧。头发是在额前编一圈小辫子,再把这些小辫子集合到头顶,再编成一根大辫子,拖在脑后。她的耳朵上的首饰是不对称的:右耳的耳眼内只塞着米粒大小的一个小玉塞子,就是一个玉的小棒子塞在耳眼里,左耳上戴着一个白果大小的红宝石镶金的大坠子。对称的美一般端庄一些,不对称的美就活泼而调皮一些。

最后两句话说她的神情:"越显的面如满月犹白(脸圆圆的,比月亮还白),眼如秋水还清。"古人形容眼睛的美时,常常说一汪秋水,但是她的眼睛比秋水还要清澈。

我们多花了一点篇幅来介绍芳官的衣着打扮。不仅因为她确实很美，更是因为：在她的美丽之中，包含着更多的天真活泼和自由放任。芳官年纪小，原来只是唱戏，没干过伺候人的活。她还不曾真正知道环境的严酷，所以她会无所顾忌地任意舒展。

　　这一群人，主仆不像主仆，喝了一阵酒，还是觉得不够热闹，又想办法把黛玉、宝钗、宝琴、李纨请了过来。这次她们也行酒令，这个酒令是一种抽签的游戏。在一个竹雕的签筒里面，装着象牙的签子，每根签子上刻着花的名字，由酒令官（游戏主持人）通过掷骰子，确定由谁来抽签，抽出的签上，写着饮酒的方法。

　　第一个抽签的是宝钗，她抽到的是牡丹，下面刻着一行字，是"任是无情也动人"。牡丹是花中之王，所以这个喝酒

耶律雄奴

的方法是所有人共贺一杯,而抽到此签的人还有权指定一个人表演一个节目。结果是芳官唱了一支《赏花时》。这是明代汤显祖的戏曲作品《邯郸梦》里的一支曲子,内容是写八仙里面的两个仙人告别,一个叫何仙姑,一个叫吕洞宾,何仙姑叮嘱吕洞宾,下凡以后不要流连在旅途,早日归来。

芳官唱完了曲子,宝玉却只管拿着那签,口里颠来倒去念"任是无情也动人",眼睛看着芳官不说话。还是湘云在边上把他的签一手夺过去,酒令才继续进行。

这是一个挺微妙的场面。芳官还没成年,宝玉和她之间形不成一般意义上的两性之间的情感关系,但这并不妨碍宝玉对芳官的喜爱。这个细节表达了《红楼梦》的一种情感观念:对一个美丽的女孩,你并不需要占有她。你能够守望她的美丽,已经是生命的极大满足。

第二天起来,宝玉忽发奇想,要芳官改成少数民族男孩的装扮,又说:"芳官之名不好,竟改了男名才别致。"于是就把芳官的名字改成"雄奴",英雄的雄,奴婢的奴。在宝玉的感觉里,把芳官装扮成男孩会更有趣,相处的时候也格外轻松一些。芳官却十分称心,说:"既如此,你出门也带我出去。有人问,只说我和茗烟一样的小厮就是了。"她希望像男孩一样到更大的世界里去游玩。

宝玉笑起来:"到底人看的出来。"就是说芳官打扮成男孩,别人还是看得出来的。芳官也笑着说:"我说你是无才的

（意思说宝玉傻）。咱家现有几家土番（外族的奴仆），你就说我是个小土番儿。"小土番儿就是从外国来的奴仆，那么就不能用一般的标准去看待和衡量了，稀奇古怪就很正常了嘛。

芳官还得意地说："况且人人说我打联垂好看，你想这话可妙？"联垂是一种发式，把头发编成一根根细辫子，然后再弯成圆环形状，垂在脸部的下方，这是古代北方一些少数民族男子的发式。宝玉听了，喜出望外，连忙说好，又给芳官再起了个番名，叫作"耶律雄奴"。这里的"耶律"是古代辽族的姓，"雄奴"谐音"匈奴"，是更古老的北方游牧民族的称呼。

两个人玩得很开心。宝玉把这个名字说给别人听，可是众人很快就把这个名字给叫歪掉了，有人甚至叫成了"野驴子"。宝玉兴致很高，又给芳官起了一个法文名字，叫"温都里纳"，意思是金星玻璃，里面有金星的玻璃。你没想到吧，宝玉还知道些法文词儿！

认真说起来，芳官讨嫌的地方还真是不少。可是宝玉为什么特别喜欢她呢？因为这孩子虽然身份低微，却还不曾被世界扭曲，所以在她身上，无论是令人心动的地方，还是由于过分张扬而令人不喜欢的地方，都体现着生命的真实。在宝玉的纵容下，她有时候甚至很骄傲。而宝玉就是在这些地方看到了女孩的美，也愿意成为她的守护者。一个女孩，你要欣赏她的美，你要让她拥有自由，不自由的女孩是不会美的。

至于他们俩之间那种异想天开的游戏，也不是无谓的胡闹。

耶律雄奴

在狭隘的生存空间中，这种游戏包含着对更宏大的世界的向往。

再说这天一群人正在嬉闹玩耍，忽见东府中几个人慌慌张张跑来说："老爷宾天了。"这是说贾敬去世了。众人听了吓了一大跳：贾敬好好的也没什么病，怎么就突然没了呢？这个我们下一回再讲。

图书在版编目(CIP)数据

元宵夜宴 / 骆玉明著. —成都：天地出版社，
2021.6（2023.3重印）
（骆玉明给孩子讲红楼梦）
ISBN 978-7-5455-6222-4

Ⅰ.①元… Ⅱ.①骆… Ⅲ.①《红楼梦》研究—少儿
读物 Ⅳ.①I207.411-49

中国版本图书馆CIP数据核字（2021）第000512号

LUOYUMING GEI HAIZI JIANG HONGLOUMENG · YUANXIAO YEYAN

骆玉明给孩子讲红楼梦·元宵夜宴

出 品 人	杨 政	策划编辑	李秀芬
作　　者	骆玉明	责任编辑	曹 聪　王加蕊　李婷婷
绘　　者	〔清〕孙 温	营销编辑	陈 忠　魏 武
总 策 划	陈 德　戴迪玲	美术设计	刘黎炜
特约策划	向恬田	内文排版	书情文化
特约编辑	李 玫	责任印制	刘 元　葛红梅

出版发行　天地出版社
（成都市锦江区三色路238号　邮政编码：610023）
（北京市方庄芳群园3区3号　邮政编码：100078）
网　　址　http://www.tiandiph.com
电子邮箱　tianditg@163.com
总 经 销　新华文轩出版传媒股份有限公司

印　　刷	北京博海升彩色印刷有限公司
版　　次	2021年6月第1版
印　　次	2023年3月第9次印刷
开　　本	710mm×1000mm 1/16
印　　张	12.75
字　　数	166千字
定　　价	48.00元
书　　号	ISBN 978-7-5455-6222-4

版权所有◆违者必究
咨询电话：（028）86361282（总编室）
购书热线：（010）67693207（市场部）

如有印装错误，请与本社联系调换。

名家给孩子讲四大名著

中国当代知名文化学者

四大名著研究权威,首次为孩子开讲
让孩子喜欢读、能读懂、能读透、能读完的四大名著

《骆玉明给孩子讲红楼梦》
(全6册)

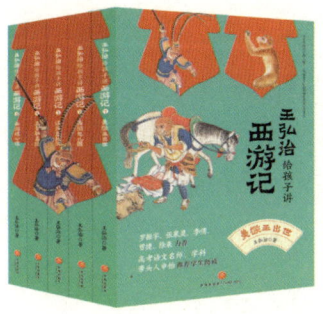

《王弘治给孩子讲西游记》
(全5册)

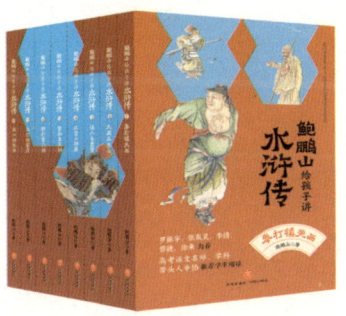

《鲍鹏山给孩子讲水浒传》
(全8册)

《李鹏飞给孩子讲三国演义》
(全6册)